COLLECTION FOLIO

Guillaume Apollinaire

« Mon cher petit Lou »

Lettres à Lou

28 septembre 1914 - 2 janvier 1915

ÉDITION DE LAURENCE CAMPA
ET MICHEL DÉCAUDIN

Gallimard

Ces lettres sont extraites du recueil
Lettres à Lou
(L'Imaginaire, nº 593, Éditions Gallimard).

Fils naturel d'une Polonaise émigrée et d'un officier italien qui ne se préoccupera jamais de lui, Apollinaire (de son vrai nom Wilhelm Apollinaris de Kostrowitzky) fait en 1899 l'expérience, décisive pour son œuvre, de l'amour et de la déception, et commence à écrire. Il mène une vie de bohème qu'interrompt, deux ans plus tard, un séjour en Allemagne : précepteur, il voyage en Bohême et en Autriche, et passe quelques mois en Rhénanie. La beauté et les légendes de cette région imprègnent sa poésie, tandis que son amour malheureux pour Annie Playden, la jeune gouvernante anglaise de son élève, lui inspirera la belle *Chanson du mal-aimé* (1903). De retour à Paris, Apollinaire se fait le porte-parole de tous les mouvements artistiques d'avant-garde de son époque. Il vit avec Marie Laurencin et lui consacre de nombreux poèmes, il participe activement à la réflexion esthétique et sera l'un des théoriciens du cubisme. Il se lie avec Léon-Paul Fargue, André Salmon et Max Jacob, et il fonde plusieurs revues littéraires. Il publie en 1909 son premier ouvrage, *L'Enchanteur pourrissant*, illustré par Derain, dans lequel le magicien Merlin et la fée Viviane dialoguent dans une atmosphère étrange. *L'Hérésiarque et Cie* (1910), recueil de contes fantastiques et baroques pleins de verve, précède un premier volume de poèmes, *Le Bestiaire* ou *Cortège d'Orphée* (1911), illustré par Raoul Dufy et composé de quatrains délicats. Mais le chef-d'œuvre d'Apollinaire reste *Alcools* (1913). En alexandrins, en vers libres rimés ou seulement assonants, le poète évoque ses expériences et manifeste sa volonté d'être nouveau. En 1914, Apollinaire s'engage et rencontre à Nice une jeune femme, Lou, chez Borie de la Merline, commissaire à l'inscription maritime et commandant du front de mer, chez lequel il a été entraîné par une connaissance, Siegler-Pascal. Apollinaire adressera à Lou une longue correspondance en vers et de nombreux poèmes. Mais c'est avec une autre jeune fille, Madeleine Pagès, qu'il se fiancera dès l'été 1915. Ayant demandé à combattre, il est grièvement blessé à la tête en 1916 et, trépané, rejoint Paris où, la même année, ses amis publient son recueil *Le Poète assassiné*, un récit émouvant à l'humour douloureux et au lyrisme baroque. En 1917 est représenté *Les Mamelles de Tirésias*, « drame surréaliste » d'une bouffonnerie provocante en ces temps tragiques. *Calligrammes*, publié en 1918, est un nouveau recueil de poèmes, dont beaucoup ont été inspirés par son expérience de la guerre et son amour pour Lou. Cependant, atteint par la grippe espagnole, Apollinaire meurt le 9 novembre 1918, et certains de ses écrits, posthumes, ont été rassemblés dans divers recueils.

Découvrez, lisez ou relisez les livres de Guillaume Apollinaire :

ALCOOLS suivi de LE BESTIAIRE et de VITAM INTEMPERE AMORI (Poésie/Gallimard)

ALCOOLS, POÈMES 1898-1913 (Folio, nº 5546 et Folioplus classiques, nº 238)

CALLIGRAMMES, Poèmes de la paix et de la guerre 1913-1916 (Poésie/Gallimard)

L'ENCHANTEUR POURRISSANT, suivi de LES MAMELLES DE TIRÉSIAS et de COULEUR DU TEMPS (Poésie/Gallimard)

LE GUETTEUR MÉLANCOLIQUE suivi de POÈMES RETROUVÉS (Poésie/Gallimard)

POÈMES À LOU précédé d'IL Y A (Poésie/Gallimard)

LE POÈTE ASSASSINÉ (Poésie/Gallimard)

L'ARBRE À SOIE ET AUTRES ÉCHOS DU MERCURE DE FRANCE (L'Imaginaire, nº 347)

LA FEMME ASSISE, Chronique de France et d'Amérique (L'Imaginaire, nº 37)

LE FLÂNEUR DES DEUX RIVES suivi de CONTEMPORAINS PITTORESQUES (L'Imaginaire, nº 305)

LETTRES À LOU (L'Imaginaire, nº 593)

TENDRE COMME LE SOUVENIR (L'Imaginaire, nº 361)

CHRONIQUES D'ART (Folio Essais, nº 221)

LETTRES À MADELEINE, suivi de TENDRE COMME LE SOUVENIR (Folio, nº 4428)

LES TROIS DON JUAN (L'Imaginaire, nº 644)

LES EXPLOITS D'UN JEUNE DON JUAN (Folio 2 €, nº 3757)

Les *Lettres à Lou*

1914, la guerre est déclarée. Juridiquement, Wilhelm de Kostrowitzky est étranger. Mais Guillaume Apollinaire est un écrivain français et il veut partager le sort de ceux qu'il considère comme ses compatriotes. En attendant d'obtenir sa naturalisation française et de pouvoir partir à la guerre, il est invité à Nice chez un ami.

C'est là que, à la fin de septembre, il fait la connaissance d'une jeune femme qui, dès l'abord, le fascine. Elle s'appelle Louise de Coligny-Châtillon. Pour lui, elle sera Lou. Elle est divorcée et conduit sa vie avec une grande liberté. Pendant plusieurs semaines, c'est entre eux un jeu subtil, dans lequel elle a l'art de se promettre et de se refuser.

À la fin de novembre, exaspéré dans son amour par des rebuffades et préférant la fuite à cette vaine poursuite, il réussit à hâter les formalités administratives et à rendre effectif son engagement, qu'il signe le

5 décembre. Le 6 il est au 38e régiment d'artillerie de campagne en caserne à Nîmes. Le lendemain, comme piquée au vif, Lou le rejoint, s'installe à l'hôtel du Midi où elle restera dix jours : dix jours de déchaînement passionné, de fête de la chair qui exaltent le poète dans sa fierté conquérante à un degré peut-être encore jamais atteint.

Depuis le début de l'année 1915, il suit le peloton d'élèves officiers. Il est soumis à un dur entraînement dans la campagne nîmoise et au champ de tir de Massillan. Il écrit à Lou tous les jours, ou presque, espère la faire venir à Nîmes, loue un appartement à cette intention. Mais la jeune femme se dérobe.

Bien qu'il supporte de la savoir engagée d'autre part — une liaison plus sérieuse l'attache à celui qui, désigné dans les lettres sous le nom de Toutou, est mobilisé comme artilleur dans la région de Baccarat —, il accepte, ou feint d'accepter ce partage.

Lou met peu d'empressement à lui répondre ; une ultime rencontre à Marseille le 28 mars est un constat d'échec. Plus atteint qu'il ne le laisse paraître, Apollinaire se porte volontaire pour le front au premier départ.

Il quitte Nîmes le 4 avril, arrive le 6 à la 45e batterie de son régiment, dans la région de Mourmelon-le-Grand. Sa vie de combattant commence.

Il raconte longuement ses journées à Lou car ils sont

convenus de rester en relation et de ne rien se cacher de leur existence ou de leurs pensées. Mais elle répond peu, brièvement, et cette correspondance s'éteindra en janvier 1916.

MICHEL DÉCAUDIN

1

Nice, 28 septembre 1914.

Vous ayant dit ce matin que je vous aimais, ma voisine d'hier soir, j'éprouve maintenant moins de gêne à vous l'écrire.

Je l'avais déjà senti dès ce déjeuner dans le vieux Nice où vos grands et beaux yeux de biche m'avaient tant troublé que je m'en étais allé aussi tôt que possible afin d'éviter le vertige qu'ils me donnaient.

C'est ce regard-là que je revois partout, plutôt que vos yeux de cette nuit dont mon souvenir retrouve surtout la forme et non le regard.

De cette nuit bénie j'ai avant tout gardé devant les yeux le souvenir de l'arc tendu d'une bouche entr'ouverte de petite fille, d'une bouche fraîche et rieuse, proférant les choses les plus raisonnables et les plus spirituelles avec un son de voix si enchanteur qu'avec l'effroi et le regret où nous jettent les souhaits impossibles je songeais qu'auprès d'une Louise comme vous, je n'eusse voulu être rien autre que le Taciturne[1].

Puissé-je encore toutefois entendre une voix dont le charme cause de si merveilleuses illusions !

Vingt-quatre heures se sont à peine écoulées depuis cet événement que déjà l'amour m'abaisse et m'exalte tour à tour si bas et si haut que je me demande si j'ai vraiment aimé jusqu'ici.

Et je vous aime avec un frisson si délicieusement pur que chaque fois que je me figure votre sourire, votre voix, votre regard tendre et moqueur il me semble que, dussé-je ne plus vous revoir en personne, votre chère apparition liée à mon cerveau m'accompagnera désormais sans cesse.

Ainsi que vous pouvez voir, j'ai pris là, mais sans le vouloir, des précautions de désespéré, car après une minute vertigineuse d'espoir je n'espère plus rien, sinon que vous permettiez à un poète qui vous aime plus que la vie de vous élire pour sa dame et se dire, ma voisine d'hier soir dont je baise les adorables mains, votre serviteur passionné.

Guillaume Apollinaire.

1. On sait que la quatrième femme de Guillaume le Taciturne fut Louise de Coligny, fille de l'Amiral.

2

3 octobre 1914.

Vous étiez ce matin toute charmante et de la façon la plus inattendue. Dans votre robe à fleurs, on eût dit un écureuil s'ébattant à travers une roseraie en Perse.

J'avais pensé à vous la nuit entière sans pouvoir dormir. Veille la plus brûlante et la plus cruelle. Car je n'ai cessé de vous voir mutine et langoureuse à la fois. Un moment j'ai fermé très fort les yeux pour tâcher de dormir et je voyais un jardin éblouissant de grenadiers dont les fruits étaient vos seins multipliés à l'infini et plus dignes que les pommes d'or gardées par les Hespérides d'être conquis par un héros.

En sortant, j'étais certain de vous rencontrer. Sur le pas de ma porte j'ai trouvé Robert

Mortier[1] qui a voulu m'accompagner. Il voulait m'entraîner vers la Gare et j'ai refusé obstinément, sûr que vous alliez passer.

Je n'ose plus guère vous dire que je vous aime car des choses aussi profondes obligent en quelque sorte ceux à qui on les écrit.

Mais je peux bien vous répéter que je ne cesse de penser à vous et que c'est là l'occupation la plus délectable, mais hélas ! la plus morose, puisque ni les projets ni même les souhaits n'en peuvent être le résultat.

Toutefois, vous semblez être bonne et vous m'avez dit que vous seriez sensible à l'amour. Vous m'obligeriez infiniment et me rempliriez de joie en venant un de ces jours et bientôt, vous promener avec moi toute seule. Je m'efforcerai de ne pas vous ennuyer ni avec ma peine dont vous êtes l'objet ni avec quoi que ce soit qui puisse vous être désagréable. J'écrirai demain à Paris afin que si cela était possible vous ayez mes livres puisque vous m'avez fait l'honneur de me les demander. Je souhaite d'avance qu'ils vous amusent et je les recommande à votre indulgence.

Au demeurant, je vais en écrire un pour vous tout exprès et nul doute qu'inspiré par une passion aussi violente et puisque c'est de vous qu'il s'agit, d'une essence aussi délicate, je n'écrive là mon livre le plus rempli de cette humanité qui est à mon gré la seule chose digne de toucher les hommes et d'être recherchée par un écrivain.

J'aurais voulu déjà écrire un poème pour vous. Il m'eût été trop personnel et n'eût dépeint que les sentiments que vous avez éveillés en moi et aussi votre grâce. Mais, en somme je ne connais rien de vous sinon que je vous trouve infiniment jolie et digne d'être aimée même sans espérance de retour.

Je voudrais tant savoir tout de vous et je ne sais rien, sinon que vous avez été mariée et ne l'êtes plus. Je n'ose plus parler de vous avec Siegler qui doit bien se douter que je suis amoureux de vous. Et me voilà réduit à tout imaginer de vous en me fondant sur vos cheveux fauves, sur vos yeux au regard étrange, sur votre franchise et sur la joie qui s'éveille en moi quand je vous vois et je ne vous ai vue que trois fois. Mais tel est le pouvoir de fascination que vous exercez sur moi comme une autre Mélusine, que vous m'êtes après tout familière ; qu'il me semble que je vous ai toujours connue, toujours aimée et que je n'ai jamais pu aimer que vous, que je n'ai aimé que vous et que je n'en aimerai jamais d'autre.

Ce ne sont pas là paroles vaines puisque je n'ai jamais écrit cela à aucune femme et que jusqu'ici même quand je croyais aimer je retenais beaucoup de moi-même et que même quand j'ai cru souffrir je souhaitais avant tout la prompte fin de ma peine, au lieu qu'aujourd'hui je demande à ce qu'elle dure autant que la vie et c'est en foi de quoi je baise vos mains adorées.

Votre serviteur à vie,

Guillaume Apollinaire.

1. Robert Mortier est un peintre qui a exposé en 1912 à la galerie Devambez. Apollinaire a rendu compte de cette exposition dans *L'Intransigeant* du 2 avril : « Théoricien du billard, musicien distingué, écrit-il, M. Robert Mortier est encore un peintre de talent. » La femme de Robert Mortier, Jane, est restée en relations épistolaires avec Apollinaire (à qui il arrive de l'appeler Jeanne) pendant la guerre.

Le frère de Robert est Alfred Mortier, poète et auteur dramatique, un des fondateurs du *Mercure de France* en 1890. Il a épousé Aurel qui tient un salon connu et s'est fait une réputation avec ses livres sur le couple et l'amour : *Pour en finir avec l'amant* (1908), *Voici la femme* (1909), *Le Couple, essai d'entente intellectuelle entre la femme et l'homme* (1911). Tous deux connaissent Apollinaire depuis longtemps.

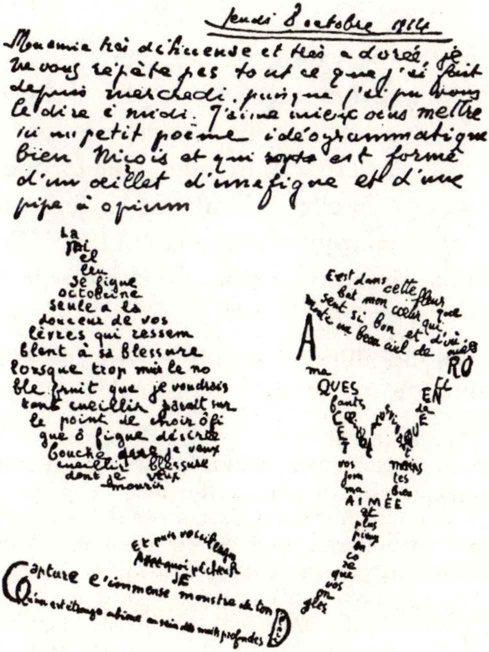

Jeudi 8 octobre 1914

Mon amie très délicieuse et très adorée je ne vous répète pas tout ce que j'ai fait depuis mercredi puisque j'ai pu vous le dire à midi. J'aime mieux vous mettre ici un petit poème idéogrammatique bien niçois et qui sera formé d'un oeillet d'une figue et d'une pipe à opium

4

Mercredi 14 8bre 1914.

Je me permets de vous rappeler, chère amie, que bien que ma part soit la plus belle il me déplairait, ce soir si nous ne sommes que trois, d'être une barrière sentimentale, une fortification — on sait ce qu'elles valent sous les feux croisés d'un flirt homérique quant aux épithètes. Si bien que vous pouvez me donner le soin de votre défense ou encore établir une fois pour toutes l'attitude que doit garder notre ami, ou bien, au contraire, me mettre moi-même à l'écart.

Si bien que ces choses fondées sur des bases solides je puisse me mêler à une conversation qui promet d'être brillante.

À moins encore que pour me dédommager d'avoir attendu hier, vous ne vouliez passer une longue soirée amicale avec moi seul. Je vous lirai des choses neuves, vous parlerai de ma pièce, vous inventerai des histoires et demanderai des conseils, car j'ai une grande confiance en ce qu'on pourrait appeler nos mauvais goûts combinés.

Auquel cas, je ne vous ferai pas la cour, acceptant l'amitié que vous me proposez et que je ne trahirai jamais, gentille et belle amie.

Si cette dernière alternative vous convient vous pourriez en arrivant devant Vogade[1] — si vous ne voyez pas Borie[2] — déclarer que vous veillez et ne voulez pas aller à Victoria[3] et après dîner laisser S. P.[4] reconduire votre cousine tandis que vous me demanderiez de faire un tour avec vous avant de vous reconduire.

La chose s'arrangerait bien comme cela. Mais il en sera comme vous voudrez, car je ne suis plus qu'un ami, bien décidé à vivre une amitié qui vaut, vous l'avez dit, la peine d'être vécue.

La main très amie de

Guillaume Apollinaire.

1. Vogade est un confiseur de la place Masséna à Nice.
2. Nous avons conservé les variations d'Apollinaire, qui écrit tantôt « Borie », tantôt « Borye » et même « Borys ».
3. Hôtel de Nice, situé 33, boulevard Victor-Hugo.
4. Siegler-Pascal.

5

20 octobre 1914.

Ma chère amie,

Je suis très grippé et je crois qu'il vaudra mieux en effet remettre notre excursion à un jour où le soleil sera revenu. Je crois que jeudi est trop proche. Je tâcherai si la grippe le permet d'aller vous voir demain à la sortie du Ruhl[1].

Merci de votre gentille lettre, signée je ne sais pourquoi de votre patronyme simplement comme si vous étiez le fils aîné de votre famille.

Si bien que lisant vos lettres j'ai l'air de lire des lettres de garçons.

Si vous craignez de vous compromettre en m'écrivant, ne signez pas, je saurai toujours reconnaître l'écriture.

Toutefois, ne croyez pas qu'un petit nom au bas d'une lettre soit plus compromettant qu'un patronyme ; c'est, ma foi, le contraire qui serait vrai.

Et dans l'amitié qui nous lie tout cela n'a plus aucune importance, votre mystère étant resté là où est mort mon silence.

Ma main très amie,

Guillaume.

1. Le palace niçois à l'entrée de la Promenade des Anglais, alors converti en hôpital complémentaire. Lou y donne des soins aux blessés.

6

Mardi soir[1].

Après tout je suis content de vous aimer comme je vous aime, vous qui êtes la grâce et tout ce qui reste aujourd'hui de la grâce.

Je regrette seulement de ne pas vous avoir rencontrée plus tôt. Mais n'importe, vous aimant maintenant j'ai la plus belle part de la vie d'aujourd'hui. Je n'ose pas me figurer l'avenir mais le présent est délicieux puisque je vous aime. Vous semblez vous étonner que je ne sois point jaloux. De quoi donc ? Peut-on faire que je vous aime moins ? Vous même ne pourriez pas faire cela. Mon amour n'est pas à la merci de vos jeux et quand vous êtes heureuse, c'est pour moi le plus grand bonheur. Je voudrais pouvoir être mis à l'épreuve comme vous le dites et vous prouver combien je vous aime vraiment et hors du goût violent que je puis avoir de vous, que j'ai pour vous. Je n'ai pas écrit beaucoup de lettres d'amour de ma vie, encore que j'en aie reçu, mais en général je n'aime pas écrire de lettres, mais cette fois j'éprouve une sorte de volupté à vous dire tout simplement que je vous aime. Je voudrais pouvoir vous le répéter sans cesse. Je suis désolé que S. P. vous ait raconté l'incident ridicule où était mêlé B[2].

Le plus drôle ç'a été la scène chez Vogade ce soir. La petite dame en rouge était furieuse et moi j'avais envie de rire. Vous étiez amusante au possible avec votre blouse garibaldienne et le sac à malices que vous colportez si délicieusement de St-Jean à Nice.

Après j'ai eu en me promenant avec vous le sentiment le plus triste de ma vie celui de vous aimer et de ne pas encore être ami d'amitié avec vous. Et je me suis un moment demandé et je me le redemande encore si ce n'est pas cela qu'il faudrait ambitionner par-dessus tout.

Cela doit vous faire penser que je suis devenu bien calme. Mais n'en croyez rien. Je suis de plus en plus agité. La nuit dernière a passé sans sommeil comme l'autre, des moustiques d'une part et votre très gracieuse apparition de l'autre. Le sommeil ne résistait point à des ennemis aussi résolus. Vous écrivez vos lettres dans la chambre à S. P. Je vous écris dans la mienne et je baise infiniment vos mains qui savent si bien étreindre.

Votre serviteur,

Guillaume Apollinaire.

1. Fin octobre ou début novembre, selon une note de Lou.

2. Siegler-Pascal et Borie.

7[1]

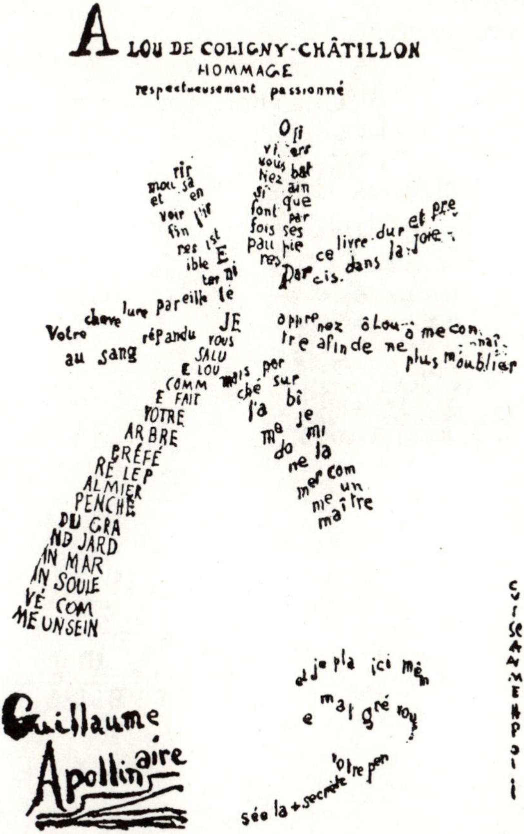

1. Fin octobre-début novembre 1914. Dédicace sur un exemplaire de *L'Hérésiarque et C*ie. Il s'agit ici et au numéro 8 des ouvrages qu'Apollinaire a demandés à Paris pour les offrir à Lou (voir lettre 2).

8[1]

A
MA
DA
ME LA COMTESSE
L. DE COLIGNY-
CHÂTILLON
je donne de tout
cœur ce flacon
d'eau-de-vie et
suis son servite
ur son admirate
ur et son ami ta
citurne Guillau
ME APOLLINAIRE

LE 11
NOVE
MBRE
1914 À NICE
OU ELLE SOIG
NE LES BLESS
ÉS DE
LA GU
ERRE

1. Dédicace sur un exemplaire d'*Alcools*.

9

Samedi[1].

Mon trésor adoré, j'ai songé tout le jour à votre gaîté charmante et à ces mélancolies soudaines pendant lesquelles je voudrais vous prendre, ma Lou, vous caresser et vous consoler doucement. Plût à Dieu, que vous fussiez en peu de temps très heureuse. Je vous ai dit que je le pensais et je le crois encore.

Puis, juste avant d'écrire cette lettre, en me promenant du côté des Ponchettes[2], des gamines grandes filles de quatorze à quinze ans qui montraient leur derrière aux vagues — spectacle imprévu — m'ont fait éclater de rire et je ne sais pourquoi en revenant j'ai seulement pensé à la nuit de mercredi à jeudi où j'ai trouvé une Lou si exquise et à un moment peut-être si à moi. Le souvenir savoureux et nocturne ne voulait pas me quitter et je crois qu'il m'entraîne encore.

Ici, bizarrerie sur bizarrerie, S. P. est revenu dans la maison. Il habite maintenant mon ancienne chambre. Il a dit à Mme B. ce que je lui avais dit moi-même. Mais ça ne l'a pas plus intéressée que la première fois. Elle a l'air de s'en f… complètement. D'ailleurs c'est S. P. qui me l'a dit car je me suis mis à travailler le soir et n'ai pas été chez B.

S. P. m'a dit encore que B. lui avait raconté l'histoire de Mémée. C'est comme ça, tout Nice connaît l'anecdote et il paraît que le soldat la raconte de la façon, je veux croire, la plus fausse ou du moins la plus éhontée.

Préparez bien vos oreilles ma chère amie, je vais dire à S. P. que d'après vous on a calomnié Mémée et que du moment que vous le dites on doit vous croire, car une femme qui en défend une autre doit toujours être crue.

À lundi, chère divinité de mon cœur, Lou au nom chinois et à l'esprit attique. Je baise vos mains, vos pieds et vos paupières meurtries et battues comme celles des biques énamourées.

À bientôt mon amour,

Gui.

1. Sans doute un samedi de novembre, selon une note de Lou.

2. En bordure du vieux Nice, à l'extrémité de la Promenade des Anglais.

10

Dimanche 29 nov. 1914.

Mon Lou je vous aime chaque jour mille fois davantage que la veille.

Je suis revenu triste de vous avoir quittée si jolie et si gracieuse dans la nuit.

J'espère que vous vous êtes couchée et vous êtes bien reposée comme vous en aviez l'intention.

En route, dans le tram j'ai retrouvé *le petit Niçois* que j'avais oublié de vous donner.

J'y ai lu une merveilleuse page militaire, le récit de la bataille de l'Ourcq qui sauva Paris et fut une phase importante de la bataille de la Marne. Ce récit est un vrai chef-d'œuvre de clarté. C'est ce que l'on a écrit de mieux depuis la guerre. Et du moment qu'on peut encore écrire si bien le français tout va bien. Car les choses se répondent et vont ensemble dans tous les ordres où elles peuvent naître.

Le soleil est merveilleux, il fait briller comme un saphir le pan de mer que je vois de ma fenêtre. Dans sa clarté je vous vois aussi, mon Lou adoré, votre image ne me quitte point non plus que le son de votre voix et vos jolis récits ingénus dont l'écho sonne toujours en moi y éveillant mille tendresses qui y dormaient et qui maintenant vous tendent leurs bras ouverts.

Le plus beau des Lou, vous aurez, mon amie, tout le bonheur que vous méritez, c'est une chose dont je suis certain.

Vous avez l'âme la meilleure et la plus simple que je connaisse et votre espièglerie fleurit comme un jardin au printemps.

Je me prépare à une grande démarche tout à l'heure, chez B[1].

Je vous raconterai les détails et vous les écrirai même.

En attendant, je mets nos deux orgueils côte-à-côte dans un fauteuil bien sagement en les priant de ne pas trop s'ennuyer jusqu'à demain et je vais m'habiller afin d'aller à la Marine savoir quelles mesures on a prises pour résister aux Turcs et proposer le jeune Lou de mer de Pont-Saint-Jean pour assurer la défense du port de Nice.

Je vous baise très respectueusement les mains, mon amie, et suis *toujours* votre très fier et très obéissant serviteur

Guillaume Apollinaire.

1. Démarche en vue de son engagement auprès de Borie.

11

Mardi[1].

Cette nuit encore, mon cher trésor, sachant que j'allais vous revoir aujourd'hui, je n'ai pu fermer l'œil. Je n'ai pas profité de la permission que vous m'aviez donnée l'autre jour parce que toute chair me paraissait insipide après avoir eu l'avant-goût de la vôtre et aussi pour les raisons que je vous dirai.

Et pensant à vous, sinon sans espoir du moins avec un espoir si précaire et tout de circonstances, je me sens si malheureux que je souhaite que les démarches de Borie aboutissent le plus vite possible et que je puisse partir. Dans le cas où vous auriez oublié la promesse que vous m'avez faite d'une mèche de vos cheveux je vous la rappelle ici.

Je n'ai cessé de baiser ces précieuses démêlures que j'ai gardées avec moi même la nuit.

C'était là quelque chose de vous et quelque chose d'infiniment sacré et plus digne encore, si haut je la place, que la chevelure de Bérénice d'être mise au rang des constellations.

Je baise vos mains chéries, ma chérie, et suis pour toujours votre serviteur.

Guillaume Apollinaire.

1. Sans doute le 1er décembre, selon une note de Lou.

12

Samedi soir 5 septembre[1] 1914.

Mon Lou très chéri,

Je partirai demain matin pour le 38e rég. d'artillerie de campagne à Nîmes d'où je vous écrirai.

Ma démarche au conseil de révision a été imprudente. Il a fallu m'engager hier. C'est pourquoi j'ai été si triste aujourd'hui, triste à mourir et vous aussi qui sentiez quelque chose d'anormal.

Je vous adore mon Lou et vous êtes mon seul regret. Je n'ai pas le courage d'en écrire plus long.

Si vous ne m'en voulez pas trop d'une chose inévitable, écrivez-moi parfois quand vous aurez mon adresse et soyez heureuse comme vous le méritez, mon adorée, je baise vos mains que j'aime, je ne sais plus que vous dire car je n'ai plus de forces vis-à-vis de vous, adorée adorable.

Votre

Guillaume Apollinaire.

1. *Sic*, pour « décembre ».

13

10 Xbre 1914.

Mon Lou adoré, je t'écris de la cantine. Le papier est déjà taché, il le sera beaucoup plus tout à l'heure, mais il n'y a qu'ici, que dans le brouhaha j'ai un peu de tranquillité. Ce matin lever dans la nuit, appel dans la pluie. Entre-temps café, après l'appel on nous distribue du pain et une tablette de chocolat. Le brigadier me désigne pour être de plat avec un autre poilu. À six heures et demie on me montre à seller dans l'écurie qui sent bon comme l'amour. À huit et demie au manège où je vois mes camarades faire le tape-cul. J'irai après-midi. À 9 ½, manœuvre à pied on me fait manœuvrer à part. À dix heures et demie je vais chercher la soupe et le rata à la cuisine. Pas très rigolo — On bouffe. Je rapporte le plat et les saletés tout seul, je fous le camp au plus vite pour qu'on ne me fasse pas vider ces ordures — Et voilà, Lou Adoré. Je n'ai plus que quelques minutes, je mange une poire et bois une chopine. À midi moins le quart il faut que je sois lavé et rasé pour aller seller. Il est onze heures et quart. Le quartier est consigné jusqu'à 5 h. ½. Lou adoré, je te promets de t'aimer toute ma vie et de n'aimer jamais que toi. Tu es ma seule femme à jamais et toujours, toujours je te serai fidèle. J'ai reçu les deux cartes dans l'enveloppe et ai beaucoup ri.

Cette nuit, Lou, je me suis aperçu que ma chaîne s'était cassée. Toutes les médailles s'étaient répandues dans mon lit et je les ai toutes récoltées une à une, serré dans mon petit lit, puis je les glissais dans mon porte-monnaie. J'ai bien embrassé les tiennes, Lou exquis. Je pense à toi, à ton corps adorable, à ta chère âme si simple et si profonde. Au revoir, petit Lou, à tout à l'heure. Je vais travailler.

On m'a remis le paquet. Mon Lou est exquis, mon Lou est tout pour moi, mes lèvres sont pour toujours sur les tiennes, chère, toi, la plus chère partie de moi-même.

Je bois mon dernier verre de vin à ta santé et t'embrasse de tout mon cœur.

À ce soir.

Guillaume Apollinaire
et *Guillaume Kostrowitzky*
2e canonnier-conducteur
38e régt d'artillerie
78e batterie
Nîmes

14

I Nîmes, 16 Xbre 1914[1]

Mon Lou adoré, je t'écris de la cantine, car je ne sais pas si on nous laissera sortir ce soir. Il est arrivé aujourd'hui une chose que je regrette infiniment et qui en même temps est un gage pour l'avenir. La petite chaîne que tu m'avais mise au bras droit s'est accrochée pendant que j'étais à cheval et je l'ai perdue, je l'ai cherchée. Mais au contraire du tyran Polycrate qui, ayant voulu sacrifier quelque chose à la chance qui lui souriait trop et ayant jeté son anneau, le retrouva dans le ventre d'un poisson qu'on lui servit le lendemain, je n'ai pas retrouvé ma petite chaîne dans l'arène du manège où nous étions.

Je le sens tout de même sur moi[2], tes médailles me protégeront avec ta chère image et tu me mettras l'autre morceau de la chaîne quand j'irai à Nice, mais au bras gauche.

Ce matin, coliques, à six h. ½ j'ai sellé, le logis d'écurie était le Parigot si correct du tram. Ensuite manège où j'ai perdu la chaîne, ensuite promenade dans des chemins impossibles au milieu des coups de canons car on faisait du tir réel. Je crois que c'est pour nous habituer.

Mon petit Lou adoré, j'ai en toi une confiance absolue, comme tu dois l'avoir en moi et toutes nos promesses seront remplies.

Te voilà maintenant au bord de cette mer divine où nous nous sommes aimés, où je t'ai dit mon amour pour la première fois, embrasse pour moi Kiss et Tika qui gambadent maintenant joyeusement autour de toi. Ce soir si je sors j'écrirai les lettres qu'il faut.

J'ai envoyé un de mes portraits à Jane Mortier, l'autre à ma mère, j'enverrai la 3e photo à mon frère.

Mon Lou exquis, tout était aujourd'hui si triste autour de moi. Tu partais, les baies amères du laurier qui abonde dans les garrigues nîmoises semblaient pâlir pour ton départ. Tout s'attristait. La gloire elle-même, qui nous appelle et qui pour moi est représentée par ta possession entière et définitive, tremblait comme des larmes, ô rosée d'un matin triste, ô rosée s'égouttant des feuilles de laurier.

Maintenant que te voilà à Baratier[3], Lou aimé, soigne bien ton rhume.

Le mien va mieux.

Je pense à tes cheveux, ô belle aux cheveux d'or sombre, Lou qui sais si bien souffrir, Lou que toute l'armée de Nîmes a désirée, je t'adore moi qui suis à la fois ton conducteur et ton servant.

Pense à moi dans le beau jardin des Hespérides où tu demeures. Écris-moi comme tu l'as dit et numérote bien tes lettres surtout les premiers jours.

Je t'embrasse mille fois sur tout ton corps adorable et sur ta bouche par où tu m'as donné ton âme quand je te donnais la mienne en échange.

Gui.

2e can.-conduc. 38e rég. d'art. de Camp.
70e batterie. *Nîmes.*

Pr les permissions de 24 h. on part de Nîmes à 3 h. de l'après-midi, on arrive à Nice à 11 h et qq. chose et l'on repart le lendemain à 4 h. Donc nous aurons la nuit. Tu prendras une chambre au Cecil et viendras m'attendre à [la gare] [4].

1. Lou vient de quitter Nîmes, où elle était arrivée le 7. Elle était descendue à l'hôtel du Midi, square de la Couronne (voir lettre 17). Apollinaire commence à numéroter ses lettres, mais il renoncera après la troisième (voir lettre 25).

2. *Sic*, pour « la » ?

3. La villa de Saint-Jean où elle habite.

4. Illisible.

15

II Nîmes[1].

Je t'écris, ma Lou exquise, après avoir reçu ta chère carte de ce matin. Tu es maintenant à Nice, tu vas prendre le tram pour Pont-Saint-Jean, tu vas revoir Kiss et Tika. Tu vas rêver au bord de la mer bleue.

Ce soir pour nous grand événement, on inspectera à 9 h. les membres génitaux de tous les hommes du 38e — mince de bille ; les soldats, qui parlent franc, appellent cela la revue des queues, pardon ma Lou de l'expression.

Donc pour la permission si je l'ai de 24 h., ce sera comme je t'ai écrit hier : dép. de Nîmes à 3 h. après-midi, arrivée à Nice 11 h. du soir. Dép. de Nice 4 h. du lendemain. Je compte sur toi pour bien organiser la chose.

Maintenant, poème :

Je pense à toi mon Lou ton cœur est ma caserne
Mes sens sont tes chevaux ton souvenir est ma luzerne

Le ciel est plein ce soir de sabres d'éperons
Les canonniers s'en vont dans l'ombre lourds et prompts

Mais près de moi je vois sans cesse ton image
Ta bouche est la blessure ardente du courage

Nos fanfares éclatent dans la nuit comme ta voix
Quand je suis à cheval tu trottes près de moi

Nos 75 sont gracieux comme ton corps
Et tes cheveux sont fauves comme le feu d'un obus qui éclate au nord

*

Je t'aime tes mains et mes souvenirs
Font sonner à toute heure une heureuse fanfare
Des soleils tour à tour se prennent à hennir
Nous sommes les bat-flanc sur qui ruent les étoiles

Je te quitte pour ce soir ma Lou, je reprendrai demain ma tâche préférée : t'écrire, c'est-à-dire vous sentir près de moi, mon adorée.

J'espère que tu as fait un bon voyage, mais je crains qu'il ne t'ait fatiguée, repose-toi donc avant de retourner au Ruhl. Dors beaucoup pour être forte, ma Lou, et surtout je t'en supplie ne te fais pas souvent menotte. Rien ne rend neurasthénique comme cet exercice.

Écris-moi de jolies lettres. Ce soir, je suis triste et fatigué d'avoir eu mal au ventre dans le froid qu'il fait ici aujourd'hui.

Je t'embrasse partout, Lou, sur tes mains, sur ta bouche, sur tes pieds, sur l'enflure exquise que tu transportes et qui te fait te balancer comme un beau navire.

À bientôt Lou, et pour toujours, ton fidèle à jamais,

Guillaume Apollinaire.

1. Une seconde lettre écrite le 16 décembre, selon une note de Lou. Mais la mention « comme je t'ai écrit hier », qui fait évidemment allusion au post-scriptum de la lettre du 16, nous incite à dater celle-ci du 17.

16

III [Nîmes, le] 17 déc. [19]14.

Je viens mon Lou adoré de recevoir la lettre que tu as mise mardi soir à la poste, c'est jeudi, elle a mis deux jours pour venir. Elle était, plutôt elle est bien belle mon chéri, digne non seulement de toi mais de nous. Le Dr Robin ne se trompe point, tu écris merveilleusement. Je viens de lire les journaux italiens. La situation est excellente pour nous. Les Serbes viennent de battre les Autrichiens. *Le Temps* que j'ai lu aussi parle même d'ouverture de paix faite aux Serbes par les Autrichiens mais je n'ai pas vu trace de cela dans les journaux autrichiens. Toutefois Anglais et Français progressent en France, les Serbes en Autriche, les Allemands ont un échec en Pologne, et un sous-marin anglais est entré dans les Dardanelles où il a coulé un cuirassé turc. La parole de Joffre aux Alsaciens reconquis, de Nice, mon jasmin de Grasse, ma baie de laurier de Nîmes. Je baise ton pied et ta bouche ma bien-aimée.

Guillaume.

1. Vocabulaire de cavaliers : être blessé par la selle.

17

III [Nîmes, le] 18 Xbre [19]14.

Mon Lou à moi,

J'ai reçu aujourd'hui tes lettres II et III. Tu penses si je les ai lues avec avidité et avec quelle joie. Je suis content que tu aies trouvé le liseur pour Toutou. Envoie-lui mes meilleures amitiés. Moi, je t'adore. Je ne passe pas près du square où est l'hôtel du Midi sans une émotion à la fois terrible et délicieuse. Cependant, je n'ai pas osé repasser près de l'hôtel même. Je ne vis plus qu'avec l'espoir de ma permission du jour de l'an en attendant la grande permission de la paix. J'ai battu aujourd'hui ma veste avec un martinet. Tu peux deviner ce que j'ai pensé. Mon Lou chéri, je t'aime pour ta beauté si précieuse et tellement gracieuse, je t'aime aussi et tout autant pour ta grande bonté, ce cœur d'or qui m'a déjà donné tant de preuves d'amour et d'amitié encore dont je te serai toujours infiniment reconnaissant. Je songe à tes yeux,

Au lac de tes yeux très profond
Mon pauvre cœur se noie et fond
        Là le défont
Dans l'eau d'amour et de folie
        Souvenir et Mélancolie

Je songe à ton regard de volupté et de douleur tendre qui m'a tant touché le jour où je t'ai vue la première fois avec ton grand chapeau cavalier et ta blouse orange où s'est concentré pour moi désormais tout le soleil. Je songe à nos étreintes, à nos baisers affolés, à nos frissons, à nos tendresses, à ces tendres disputes de Saint-Jean et de Nîmes après quoi la réconciliation était si exquise. Dis-moi tout ce que tu as fait à Nice et à Baratier depuis ton retour. Tout ce que tu fais, voilà mes seules nouvelles. En toi, se résume l'univers, tu es pour moi le microcosme des scolastiques et c'est très juste, car tu es ma beauté et par conséquent toute la nature, ô mon seul, mon plus grand, mon très cher amour.

La vie ici s'écoule avec la même violente monotonie toujours. Ce matin de 7 à 9 ½ cheval, trot, mouvements d'assouplissements au trot. Je fais des progrès. Le reste toujours semblable. J'ai acheté une ceinture de flanelle et je vais bien, sauf que je n'ai pas dormi, car jusqu'à une heure du matin j'ai été de garde dans les couloirs pour empêcher les poilus de venir y changer leur poisson d'eau. Tu parles si c'était triste. Tout seul dans les couloirs de la caserne par un froid qui m'a paru terrible. J'ai réagi. Ça m'a fait du bien, ça m'a trempé, cette première garde avec une consigne à exécuter, et ça m'a même guéri du mal de ventre, par la volonté que j'avais de résister au froid malgré que je n'avais pas de manteau. Ton souvenir veillait avec moi et je lui disais mon amour pour toi, mes rêves et mes espérances. À demain, ma couronne de laurier, je t'embrasse sur toutes les feuilles ; même celles qui sont à l'envers et je mordille délicieusement tes baies si glorieuses. Ton

Gui.

18

[Nîmes, le] 19 Xbre [19]14.

Mon cher petit Lou,

J'ai reçu enfin la lettre où tu me parlais du chien, jolie lettre que j'aime. Je te l'ai renvoyée avec tes autres lettres afin que tu me la gardes. J'ai reçu ce soir la lettre où tu me parles de ton départ pour Épinal puis la carte où tu me dis différer le départ. Donc, au nouvel an à Marseille ou à Nice, — si toutefois j'ai ma permission — j'y compte bien. Mais comme une épidémie de scarlatine a éclaté à la caserne et qu'on a consigné des chambrées heureusement pas dans mon bâtiment, je crains un peu qu'on ne supprime les permissions ; mais ne t'affole pas, ce n'est qu'une crainte à moi qui vis dans l'attente de cette permission. Ne t'affole pas trop pour le cheval. Il faut faire ce qu'il faut. Je commence à bien trotter et aujourd'hui déjà je me laissais aller au trot la tête sur la croupe du cheval les jambes et les bras ballants. On ne risque pas de tomber et ça donne beaucoup d'assurance. Aujourd'hui surprise. Pendant qu'on attendait le logis pour l'hippologie, un camarade du peloton dit : « Tiens voilà un brigadier décoré de la Légion d'honneur, nous lui devons le salut. » Je me tourne et reconnais Saglio, inspecteur des Beaux-Arts et connu en peinture sous le nom de Drésa. Il a fait plusieurs décors pour le théâtre des Arts et devait faire les décors des *Indes Galantes* et celui des *Fêtes Galantes* de Debussy, pour l'Opéra. Je le connais bien et ai eu souvent l'occasion de parler de lui dans mes articles. Nous nous sommes donné rendez-vous et nous avons passé une heure au café à causer. Il a 45 ans et s'est engagé, il part lundi avec une batterie de 100 à tir rapide pour Versailles. Je viens de le quitter pour t'écrire[1].

Mon Lou adoré, je t'adore, je ne pense qu'à toi et je ne veux vivre que pour te rendre heureuse de toutes mes forces. Je voudrais que cela fût mon sort unique. C'est désormais ma seule ambition.

J'ai peur que Jeanne Mortier ne m'envoie le pardessus à moi qui n'en ai que faire. Évite cela. J'ai écrit à ma femme de ménage, à la concierge, au dentiste[2].

Je t'enverrai les lettres pour ce peuple incessamment.

Demain, dimanche. Ce 2e dimanche va me paraître triste sans toi. J'appréhende cette promenade dans Nîmes seul.

Je commence à être plus débrouillard et j'ai trouvé aujourd'hui plus d'une heure pour m'astiquer. Je bouchonne et masse mon cheval comme si j'avais fait cela toute ma vie. Mais, je suis impatient que cela finisse pour t'aimer à loisir et passionnément comme tu le mérites. Adieu, mon Lou adoré, je vais rentrer doucement à la caserne. Baisers partout partout et mon amour à toi pour toujours.

Gui.

1. Dans le troisième numéro du *Petit Messager des Arts et des Industries d'Art* daté du 1er mars 1915, Apollinaire donne des nouvelles des artistes mobilisés et écrit : « Drésa est brigadier dans une batterie de 100, du 10e d'artillerie où il a été versé venant du 55e d'Orange.

2. Lou doit aller à Paris ; Apollinaire lui a offert de loger chez lui, 202, boulevard Saint-Germain.

19

Nîmes, 20 Xbre 1914.

Mon petit chéri,

C'est dimanche, ce matin je n'avais pas demandé de permission. Aussi à 9 heures pansage. J'ai étrillé au moins huit chevaux, j'en ai mené boire autant. En les ramenant à l'écurie un d'eux m'a marché sur le pied. J'ai vu 36 chandelles et j'ai cru que j'avais le pied écrasé. Mais, ç'a été vite passé. Maintenant nous pourrions sortir de midi à 2 ½ mais ça ne vaut pas la peine, je sortirai à 4 h ½. Un des charretiers de ma chambrée s'appelle Albin-Michel. Je lui ai demandé s'il était parent de l'éditeur parisien qui m'avait demandé un livre sur l'Arétin il y a 2 ans [1]. C'est son cousin. Les scènes tAntACULAIRES [2] se succèdent sans interruption. Je crois que j'aurai ma permission de 24 heures, pas plus par exemple. Je mange maintenant complètement à la chambrée. Après la soupe de 10 heures je mange avec mon pain une tablette du chocolat que tu m'as donné et ça va. Je vais boire un coup de vin et une pomme. Avec cinq ou six sous à déjeuner et le soir 70 centimes pr le café j'en ai assez. Environ un franc un franc cinquante par jour au plus.

J'ai reçu ta lettre et ce soir au Café j'écrirai à Sembat, ministre de l'Instruction publique et des Beaux-Arts, à Philippe Berthelot, directeur du ministère des Affaires étrangères, à Léon Bailby directeur de *l'Intransigeant* pour ton autorisation[3].

J'espère et je souhaite de tout mon cœur qu'on te l'accorde.

Mon petit enfant chéri, pour la ceinture de flanelle la mesure n'a aucun intérêt car il faut qu'elle fasse plusieurs fois le tour du corps, en tout cas elle n'est pas nécessaire maintenant. Tu t'en occuperas quand j'aurai été à Nice. Envoie-moi des nouvelles de Kiss et de Tika. Dis bonjour à Mémée. Elle est rudement égoïste cette petite bonne femme-là. C'est incroyable et pas joli du tout.

Je crois en effet qu'il faut compter sur un an de guerre mais pas se désespérer. Qu'est-ce que tu veux, c'est notre destinée qui veut que nous vivions dans de telles catastrophes.

Période martienne, celle où nous sommes. Je crois qu'elle sera plus longue encore que tout ce qu'on dit et peut-être ne verrons-nous pas la tranquillité complète avant 1930.

Pour ce qui est de cette guerre actuelle, je crois qu'elle se terminera pour l'hiver prochain. Mais avant comment faire. Les Serbes viennent de battre les Autrichiens, mais les Russes viennent de se faire foutre une tatouille par les mêmes Autrichiens. Et il se poursuit en ce moment une bataille navale dont l'issue est encore inconnue. Finalement ce sera encore la valeur et la force françaises qui décideront de la victoire finale mais au prix de combien de sang !

Voilà mon amour adoré, je te prends toute dans un grand spasme. Je t'embrasse, je baise tes chers petits seins roses et insolents qui semblent des brebis broutant des lys et des violettes et j'embrasse éperdument les douces et infiniment précieuses toisons d'or pâle qui sont celles qu'Argonaute sans vaisseau et devenu équestre je veux conquérir à jamais pour notre bonheur sans fin, ma chérie.

Gui.

1. Ce livre n'a pas été fait. Sur l'Arétin, Apollinaire n'a publié que trois volumes de morceaux choisis : deux dans la série des « Maîtres de l'Amour » (1909-1910), le dernier dans la collection des « Plus Belles Pages » au Mercure de France (1912).

2. *Sic.*

3. Le laissez-passer qui lui permettra d'aller voir Toutou dans la zone des armées. Voir à ce sujet la lettre 20.

20

[Nîmes, le] 20 D.bre [19]14.

Ma chérie, d'après des renseignements obtenus ici, tu pourrais obtenir un billet de chemin de fer jusqu'à Chaumont où se trouve le quartier général du 2e corps d'armée dont fait partie le 62e d'artillerie. Là, l'autorité militaire pourrait t'autoriser à aller à Épinal. Dans la zone des armées on peut circuler à pied avec un simple laissez-passer délivré par l'autorité militaire. J'écris par le même courrier à Sembat et à Mme Berthelot.

Ma chérie, je suis retourné à 4 h aux écuries pour la botte et pour donner à boire aux chevaux, à quatre[1] je suis sorti. J'ai fait un tour dans Nîmes et suis revenu au café.

Je pense à ton grand cœur, ma chérie, à ton dévouement pour tes soldats, à ta bravoure qui te fait mépriser tout danger pour aller même au front. Je t'admire ma chérie et t'adore. Quand je songe que tu m'aimes, ma tant aimée, je me demande si je suis digne d'un tel bonheur et mon seul désir est d'être de plus en plus digne de ton amour. Ce matin, peu d'hommes, de brigadiers, de logis étaient venus aux écuries. On a pris les noms de ceux qui y étaient et ensuite le lieutenant a fait afficher cette violente apostrophe : « Les gradés et les hommes qui ce matin n'étaient pas aux écuries laissant tout le travail à leurs camarades sont des LÂCHES. » Le dernier mot écrit en caractères gras était souligné trois fois. Tu penses si j'ai été fier de ne pas m'être défilé pour cette corvée nécessaire. Je ne me serais pas consolé d'être traité de lâche.

Demain je vais reprendre mon train-train de semaine, tape-cul, astiquage, théorie, manœuvre à pied, canon.

On m'a parlé aussi de l'armée de Garibaldi[2]. Ce n'est pas sérieux. On leur a laissé faire le geste mais on ne se sert pas d'eux et sur le front on réforme les Italiens en masse. Je l'avais toujours pensé, on ne veut pas que l'Italie qui ne se décide pas puisse dire que beaucoup de ses nationaux sont morts au service de la France. On a raison. Ma chérie, mon amour si grand pour toi trouve moyen de grandir encore dans l'absence et il grandira sans cesse quand nous serons l'un près de l'autre. Il est comme un grand oiseau qui planerait plus haut que les aéroplanes, il monte sans cesse, oiseau angélique, dans les sublimes régions de l'éther — pas celui de Nice qui sonnait toutes ses cloches à toute volée à tous tes sens — Et c'est plus haut que l'éther même qu'un jour, purs esprits nous nagerons éternellement unis dans l'éternelle volupté de la vie la plus forte, la plus douce, la plus tendre, après nous être aimés par tous nos sens, si aiguisés pourtant, ô ma chérie infiniment sensible et infiniment voluptueuse.

Je viens de lire *le Temps*[3], ces sacrés Anglais, sont vraiment des marins dégénérés. Les Allemands bombardent leurs ports comme ils veulent, c'est dégoûtant. Pendant ce temps, c'est toute la force virile française qui doit supporter le choc. Les Russes semblent s'y mettre. Souhaitons que la victoire soit proche. Je t'aime passionnément.

Gui.

1. Omission dans le texte. Il faut vraisemblablement lire : « à quatre heures et demie ».

2. La Légion garibaldienne, fondée par le fils de Garibaldi, qui était général dans l'armée italienne, groupa dès le début de la guerre des volontaires qui combattirent auprès des troupes françaises.

3. *Le Temps* du 18 décembre annonce que divers points de la côte anglaise, Scarborough, Whitby, West-Hartlepool, ont été bombardés la veille par des navires allemands.

21

[Nîmes, le] 21 Xbre [19]14.

C'est aujourd'hui, ma chérie, le jour le plus court de l'année. J'ai reçu ta lettre où tu me faisais part de ta déconvenue pour l'East Rand. Ces gens du Crédit Lyonnais sont idiots et malhonnêtes. Il s'agit d'une valeur au porteur, on doit donc la vendre facilement. Va à la *Société Générale*, dis que tu as tes bordereaux d'achat à Paris, que tu veux vendre cette action East Rand parce qu'elle baisse toujours, et qu'heureusement tu n'en as qu'une seule et que tu veux t'en débarrasser. Moi, j'ai mon bordereau d'achat à Paris, mais c'est une pièce nullement nécessaire et dont tu peux te passer et[1] commençant par décliner et en prouvant ton identité, mais ne parle pas de moi. L'action est à toi. Tu l'as achetée 110 francs, c'est le prix que je l'ai payée et tu vois ce qu'on perd dessus. Tu n'as qu'à promettre ta clientèle à la banque, parle au directeur de l'agence et on te fera facilement cette petite opération. Je pose en ce moment des jalons pour avoir de l'argent mais je crains que ce ne soit difficile. Tâche toi de ton côté d'en avoir pour toi ma chérie et s'il le faut sacrifie-moi à ton bonheur et ta tranquillité. Jeanne Mortier est partie rejoindre son mari. J'ai demandé la permission pour le premier — Dès que j'aurai les renseignements exacts je te les enverrai et je te télégraphierai la veille. Je t'ai écrit chaque jour mais de Nîmes à Nice les lettres mettent quatre jours. Elles ne mettent que deux jours pour venir de Nice à Nîmes. C'est bizarre mais c'est comme cela. Nous avons commencé aujourd'hui la manœuvre du mousqueton. Je me demande si je serai nommé brigadier aussi vite que j'ai cru au début, car on dit qu'il n'y aura qu'une vingtaine de brigadiers de nommés et nous sommes près de soixante-quinze au peloton. Et pour le moment il y en a de bien plus forts en tout que moi. Je vais tâcher de les rattraper. Je ferai mon possible mais je ne sais si je réussirai. Surtout que la plupart de mes camarades sont ici depuis deux mois et ont fait leurs classes dans les batteries ce qui leur donne une avance considérable, leur instruction militaire étant complète. J'ai cependant l'impression que s'il y en avait plus de 20 je pourrais en être. Mais 20 sur 75 ça me paraît en dehors de mes cordes. Enfin, je ferai mon possible ma toute chérie.

Les lettres mettant quatre jours pour arriver à Nice celle-ci te parviendra le jour de Noël et j'en profite ma chérie pour t'exprimer tous les souhaits que je forme pour ton bonheur. Ton petit Noël, Lou adoré, se bornera à ces pauvres souhaits d'un pauvre soldat qui t'adore. Je souhaite l'année prochaine célébrer avec toi un Noël plus étincelant. Avec mes souhaits, je t'envoie, mon tout adoré, mille baisers pour qu'ils se posent oiseaux palpitants sur toutes les parties de ton corps exquis et savoureux. Je t'aime, ma chérie, de toutes mes forces et je sens de plus en plus la cruauté d'être séparé de toi. Je suis triste ce soir, mon Lou, triste d'une tristesse noire. Pardonne-moi, la tristesse de ta lettre d'aujourd'hui m'a été au cœur. Il me semble que nous sommes entourés de méchancetés. Il faut être forts cependant et résister de toutes ses forces au manque de joie, à la tristesse de l'absence, à tout le chapelet des choses interminablement mélancoliques afin qu'au printemps il puisse refleurir en une belle couronne de fleurs amoureuses et glorieuses. Je t'embrasse de tout mon amour, ma chérie, à demain. Ton

Gui.

1. *Sic*, pour « en » ? ou phrase inachevée ?

22

Mardi 22 décembre 1914.

Mon Petit Lou chéri,

Pour la première fois je n'ai rien reçu de toi. Je suis navré. Mais je sais ce que tu m'as dit et je mets la faute sur le compte de la poste. Ne m'oublie pas, ma chérie, tu me rendrais très malheureux. Ce matin il avait gelé, la terre était dure. Au trot dans la carrière il y a eu plusieurs chutes de cheval parmi lesquelles la mienne. J'avais de plus une selle cassée et je suis parti en bombe sur le côté. Tous mes os ont craqué, mes reins ont été douloureux et je me suis vite relevé pour ne pas recevoir de coups de pied. Je n'avais rien et me suis mis à rire avec tout le monde. À 1 heure nous sommes ressortis en promenade, cela a été bien jusqu'aux portes de la caserne près de quoi mon cheval a glissé dans la boue et moi par-dessus l'encolure je suis tombé sur les mains et ai éclaté de rire de nouveau. Malheureusement le cheval était tombé à genoux. On ne m'a rien dit parce que je l'ai vite bouchonné aux genoux mais j'aurais pu avoir huit jours de prison, sale perspective. Enfin pas de mal pour le moment. Ces deux chutes m'ont donné plus de sûreté. L'adjudant est venu me demander si je ne m'étais pas fait mal, il m'a dit que ceux qui tombaient au début faisaient ensuite de bons cavaliers.

Ensuite j'ai eu visite d'incorporation, sorte de comédie obscène et puante où l'on grelotte à poil devant un major qui ne vous regarde guère. Moi on a déclaré *constitution très bonne tempérament nerveux* ce qui m'a réjoui après mes deux chutes de cheval.

Voilà, mon amour, mais Jeanne Mortier a foutu le camp, elle a envoyé mes affaires chez moi par les Messageries. C'est idiot, ma concierge en fera je ne sais quoi. Arriveront-elles jamais ? Enfin pourvu que tu aies le pardessus je me fous du reste.

Je t'adore, ma chérie, et vais bouffer en compagnie d'un camarade qui m'a invité. Je ne pouvais guère refuser car je lui ai rendu service à son arrivée.

Je commence donc à ne plus être un bleu. Je t'embrasse passionnément partout et toujours.

Guillaume.

23

Nîmes, 23 décembre 1914.

Ma chérie, une mauvaise nouvelle à t'annoncer. Je crois, d'une façon presque certaine, que je n'aurai pas de permission pour le nouvel an. La faute en est aux compagnies de chemin de fer. Les simples soldats n'ont plus droit aux express. Dans ces conditions, il faut par train omnibus 38 heures pour aller de Nîmes à Nice. Je suis désolé. On n'accordera pas, très, très probablement, de permissions pour Nice. Si on me l'accordait je te télégraphierais. Mais n'y compte pas. J'irai demain trouver le lieutenant commandant ma batterie pour lui demander si je peux espérer avoir 48 heures vers le 15 janvier par exemple, auquel cas j'irai à Nice alors. En tout cuirassons-nous contre toutes les éventualités même les plus désagréables. Depuis deux jours pas de lettres de toi. Je suis navré. Aujourd'hui cependant j'ai reçu les oranges qui m'ont rappelé le jardin des Hespérides où tu vis ma déesse, ma fable, ma mythologie. Je te remercie, mais j'ai vu que tu as payé un franc de recommandation. Ne m'envoie plus, ma chérie. C'est trop cher pour un simple soldat. Aujourd'hui 3e chute de cheval. Je ne [me] suis rien fait. J'avais un cheval qui ruait. À la première ruade je n'ai pas bronché, à la seconde j'ai foutu le camp. Ensuite, on m'a vacciné contre la variole. J'ai reçu du Dr Comons un certificat qui me dispensera de la pénible vaccination contre la typhoïde. La nuit j'ai chaud dans mon petit lit, mais le matin et à 4 h. il fait un froid de chien. Une bonne nouvelle : un soldat d'une chambrée voisine, voyageur en nouveautés et qui est de Nice, m'a offert de partager la chambre qu'il a en ville et que lui prête pendant tout son séjour ici une cliente. Demain à 4 h. je vais faire ma toilette à fond et je pourrai garder là quelques affaires, des lettres ou autre chose. La vie de caserne est rudement em..... Je ne te cache pas que si tu me relèves de la promesse que je t'ai faite, je demanderai à partir pour le front le plus tôt possible. Au moins plus d'imprévu ! Plus d'aventures ! Et moins de tracasseries. Ma toute chérie, aime-moi bien, écris-moi. Si je ne t'avais pas, si tu n'étais ma constellation, mon étoile polaire, mon guide, je serais sans ressort et me laisserais aller à l'abrutissement inhérent à la vie de caserne. Mais je songe à ton joli corps de fée, à ta tendresse, à ce cœur si noble et si pur qui palpite en toi. Je me reprends alors à espérer. Je crois en toi, ma chérie, tu es ma foi, mon espérance et mon amour. Prie pour moi puisque tu es croyante et espérons bien vite des victoires où j'aie ma part afin que tu puisses être aussi fière de moi que je suis fier de toi. Mon amour exquis, donne-moi aussi des nouvelles de Toutou, qui par son amour pour toi et par celui que tu as pour lui est désormais pour moi une partie de moi-même. À nous deux nous saurons tant t'aimer et te dompter, belle rétive, que tu seras la plus heureuse des femmes entre les plus heureux des hommes. Je te baise partout et prends toute ta volupté en un spasme que je souhaite éperdument. Si tu savais comme j'ai envie de toi !!!!

Gui.

24

[Nîmes, le] 24 décembre [19]14.

Lou adoré, je suis triste cette veille de Noël car voici le 3e jour que je ne reçois pas de lettre de toi. Tu m'oublies terriblement. Et dans ce cas je ne sais s'il faut me désoler ou t'en vouloir. Il y a des moments où je t'en veux de m'oublier ainsi, j'ai envie de te cravacher. J'ai essayé aujourd'hui un martinet et un fouet de conducteur, les deux vont bien et je crois que tu y goûteras si tu ne tiens pas tes promesses.

Pourquoi n'écris-tu pas ? C'est insensé de me laisser ainsi sans nouvelles. J'en ai les nerfs malades.

Finalement j'aurai ma permission pour Nice et elle sera de 48 heures sur lesquelles beaucoup seront consacrées au voyage. Je te télégraphierai tout à l'heure.

Reçu lettre de Rouveyre[1], et d'un tas de gens.

Mon ami Raynal m'envoie une coupure de l'*Ouest-Éclair* qui est rigolote. Un poète prisonnier allemand déclarait que les plus grands poètes français actuels étaient Jules Romains et Guillaume Apollinaire. Or, ces deux poètes qui en effet ont une situation à peu près identique dans les lettres sont des ennemis. Tu connais G. Apollinaire ; Romains est dans une mairie.

Pour ma part d'ailleurs je ne déteste pas Romains ni son talent. Mais c'est un type qui manque de franchise. Mais la déclaration du prisonnier allemand est roulante. Ne me perds pas la lettre de Raynal et la coupure[2].

Écris-moi. J'ai mangé avec délices les oranges de Baratier[3]. J'en ai donné dans ma chambrée et il m'en reste une pour mon petit Noël demain matin.

J'ai aussi demandé la permission de la botte pour demain. Je sortirai, si on me l'accorde, après le pansage et ne rentrerai que le soir.

Mais toi, Lou, écris-moi, dis-moi ce qu'il y a, ce qui se passe, ne me laisse pas inquiet. J'ai reçu des nouvelles d'Albert, mon frère[4].

Il y avait ce soir au courrier 42 lettres pour moi. J'ai paraît-il battu le record de tous les régiments de Nîmes où se trouvent en ce moment 17 000 hommes. Mais parmi ces 42 lettres pas une de mon Lou, mon Lou m'oublie. Mon Lou ne songe pas qu'il me rend malheureux et que s'il doit me rendre malheureux, il eût mieux valu qu'il ne vînt pas me faire de promesses, puisque j'étais parti sans espoir, maintenant qu'il a lui comme une certitude, s'il s'éteignait il faudrait rudement serrer les dents pour se reprendre.

Écris-moi, je t'adore mais je suis furieux. Écris-moi, Lou !

Gui.

1. Le même jour, il écrit à Rouveyre en lui disant qu'il envoie sa lettre à Lou, pour les passages qui la concernent.

2. Nous n'avons pas retrouvé cet article dans *Ouest-Éclair*. Rappelons qu'après une période de rapprochement en 1908-1909, la rupture entre les deux poètes intervint à propos de l'article qu'Apollinaire publia dans la *Nouvelle Revue Française* d'avril 1911 sur, ou plutôt contre *L'Armée dans la ville*.

3. La propriété de Baratier contenait plusieurs centaines d'orangers, de mandariniers et de citronniers.

4. Albert est au Mexique depuis le début de 1913. Apollinaire se préoccupe du sort de son frère.

25

Noël, 1914.

Noël ! Ma chérie, j'ai reçu aujourd'hui deux lettres de toi — je suis joyeux, joyeux ! Il fait un froid de chien et un soleil magnifique. Je suis sorti avec l'étui à revolver et les éperons neufs. J'ai la permission de la botte et j'aurai celle du 1er de l'an, te télégraphierai heures d'arrivée. Tiens-toi prête !

Mon trésor pardonne-moi ma tristesse dans les dernières lettres. Je ne recevais rien de toi ! D'abord, j'ai reçu aujourd'hui tes lettres VIII et X. Il me manque le IX. Moi je ne numérote plus parce que je m'y perds. Je date, et j'écris tous les jours. Mon ventre va bien, la ceinture de flanelle m'a guéri, mon derrière est toujours indemne. Les détails sur ma permission ne pourraient être encore que vagues. Je sais que j'aurai 48 heures, mais 24 seront consacrées au voyage. J'arriverai à

Nice sans doute le soir. Mais je te télégraphierai cela. Tu me demandes plus de précision, je l'aime beaucoup, mais dans le militaire beaucoup de choses sont imprécises pour le simple soldat. D'ailleurs l'adage du quartier c'est : *Il ne faut pas chercher à comprendre.* Ce que tu me dis sur ta façon de te faire menotte toute la nuit m'a bouleversé. J'ai eu une impression de désir voluptueux d'une force fantastique. Je t'adore ma chérie. Je te désire. Je m'introduis en toi de toute ma virilité. Je me bande comme l'arc de Nemrod. Je te serre et te broie dans mes bras. Je darde toute ma force vitale en toi. Je prends tes lèvres. Je palpe ton beau derrière adoré. Je le baise. Je te bois là où ta toison exquise est une dentelle délicate et soyeuse, la blonde, dentelle je crois passée de mode, mais que j'aime. Ma chérie, je te désire à en rugir. Maintenant, réponse à la lettre X : je ne suis plus triste mon amour du moment que tu m'aimes. Et je ne sais plus à quelles méchancetés je faisais allusion. Sans doute à l'égoïsme de Mémée. Qu'a-t-elle dit de mon engagement ? Je le sais bien, ma chérie, rien ne pourra jamais nous séparer, mais ces jours où j'étais sans nouvelles de toi, je ne sais pourquoi, j'étais devenu jaloux sottement, et me figurais que tu étais allée à Marseille sans me le dire. Oui, ma chérie, NOS PAROLES sont échangées et des êtres comme nous ne manquent pas à leur parole. Tu as raison de me gronder. Je suis une grande bête quand je doute et m'affole. Je te confierai tout. Mais souvent ma nervosité l'emporte et mon imagination m'emporte. Lou, que tu sais bien dire les paroles qui consolent. Tu es un instrument de musique exquise. Les airs que tu sonnes m'enivrent et me transportent au ciel. Tu es ma musique, ma poésie, mes neuf Muses, mes trois Grâces. Oui, chérie, gronde-moi bien, je n'ai pas le droit de douter, car libres l'un et l'autre nous nous sommes donnés librement et devons penser comme tu penses, *pour être dignes l'un de l'autre*. Oui, chérie, ne parlons pas de notre bonheur. J'écrirai ce soir à Rouveyre que je t'ai rencontrée plusieurs fois, que j'ai essayé de flirter avec toi, mais que ça n'a pas réussi, que nous sommes bons camarades, c'est tout. Donc, tu peux si tu lui écris, écrire sur ce ton. D'ailleurs, il n'est pas nécessaire que tu lui écrives. Je croyais que Jane Mortier était partie. Oui, bon Noël ma chérie, *notre Noël c'est notre amour*. Tu le dis, en poétesse archidivine. Hier soir nuit de réveillon. M. F*** m'a invité à réveillonner dans sa chambrée, il avait apporté des victuailles et une vingtaine de bouteilles de Champagne. Mais, j'ai décliné l'invitation. Je ne pourrai la lui rendre et n'ai pas envie d'être son obligé. Je me suis donc couché sagement après l'appel. À 10 heures des brigadiers sont venus chercher le brigadier de chambrée pour réveillonner et comme il ne voulait pas se lever, ils ont fait partir son lit en bombe[1].

Pour se venger il a fait partir en bombe les lits de ses deux voisins, l'un d'eux a fait partir le mien. Je l'ai refait, les pieds sur le pavé.

Les brigadiers sont partis, un homme s'est mis à changer son poisson d'eau sur les dalles. Un autre a fait retomber mon lit. Un fouet de conducteur était pendu près de mon lit. Je l'ai pris et en ai cinglé vertement l'idiot qui gueulait. Là-dessus, bacchanale ! Un Mentonnais essaye d'enfiler un Niçois, un autre type, de Grasse, s'est mis à se faire menotte en public. On avait allumé une bougie. C'était une priapée insensée ! Plusieurs lits sont encore partis en bombe. Puis les lits refaits, ces hommes, la plupart Niçois, Grassois ou Mentonasques se sont mis à chanter exquisement, impression inoubliablement mélancolique. Niçois, Grassois ou Mentonasques sont de race ligure et *ligure* est un mot d'origine celtique qui autant que je me souvienne signifie : *qui a une belle voix*. J'ai pu vérifier la vérité de cette appellation. On s'est donc endormi vers 3 h. et ce matin vers 5 h. avant l'appel je me suis réveillé au grincement des lits qui crissaient en cadence. La plupart de mes camarades de chambrée se faisaient menotte comme ma Lou fait dans son dodo à Baratier. Les plaisanteries fusaient. C'était tordant. Après, je suis descendu pr changer mon poisson d'eau (ici, on dit changer l'eau aux olives !) et ne pas être tenté de faire comme eux en pensant à toi.

À l'appel on nous a donné deux barres de chocolat, à 8 h. pansage, à 10 h. lettres, à 10 heures ½ repas : lapin, salade avec œufs durs et anchois, gruyère, confiture, cigare et café. Tu vois que le gouvernement soigne bien ses hommes le jour de Noël. Ce soir, il y a dinde, mais je ne rentrerai pas.

Nos camarades versés au 10e à Versailles sont partis hier, bien équipés avec des chevaux bien harnachés. C'était épatant ! Ils vont bientôt partir pour le front avec les pièces de 100.

Ce matin à 7 h. j'ai dit l'angélus, de même à midi. J'ai été à l'église mais trop tard pour la messe. J'ai regardé la crèche. J'ai élevé mon âme. J'ai prié pour que Dieu protège notre amour.

Le directeur du *Mercure de France* m'a écrit. Il est possible que cette publication reprenne. Ce serait en ce cas 50 francs par mois [2]. Ce n'est pas grand-chose mais toujours ça. Je n'ai pas encore de nouvelles de Sembat min. de l'Instr. publique et des Beaux-Arts à qui j'ai écrit à Bordeaux pour avoir ta permission pour la zone des armées. Il est possible qu'il faille que tu lui écrives aussi. Je lui ai donné ton adresse. Juge toi-même de ce que tu dois faire.

Au revoir ma chérie, je t'embrasse de tout mon cœur, de toute ma force, de toute ma virilité sur tout ce que je désire, sur tes seins roses et merveilleux. Tes lettres sentent bon les parfums de Grasse. Ce matin à l'écurie j'ai trouvé un pinson mort de froid, mais encore tiède. Je voulais lui masser le cœur pour essayer de le faire revivre, mais le vieil adjudant de ma batterie, me l'a demandé pour le porter au mess, et le manger : « ça fera mon dinde » m'a dit ce couillon, j'ai été obligé de le lui donner. Mais je l'aurais volontiers giflé… Je t'aime et te prends toute.

Guil.

1. Bas de page. Au haut de la page suivante, Apollinaire a écrit : « Suite à la lettre de Noël 1914. »

2. Pour la rubrique de *La Vie anecdotique*.

26

3[1].

La fumée de la cantine est comme la nuit qui
vient
Voix hautes ou graves le vin saigne partout
Je tire ma pipe libre et fier parmi mes camarades
Ils partiront avec moi pour les champs de bataille
Ils dormiront la nuit sous la pluie ou les étoiles
Ils galoperont avec moi portant en croupe des
victoires
Ils obéiront avec moi aux mêmes commandements
Ils écouteront attentifs les sublimes fanfares
Ils mourront près de moi et moi peut-être près
d'eux
Ils souffriront du froid et du soleil avec moi
Ils sont des hommes ceux-ci qui boivent avec
moi
Ils obéissent avec moi aux lois de l'homme

Ils regardent sur les routes les femmes qui passent
Ils les désirent mais moi j'ai des plus hautes amours
Qui règnent sur mon cœur mes sens et mon cerveau
Et qui sont ma patrie, ma famille et mon espérance
À moi soldat amoureux, soldat de la douce France

1. Envoyé le jour de Noël, selon une note de Lou. Après la « lettre de Noël » et la « Suite », c'est donc le troisième feuillet, ainsi que l'indique ce chiffre.

27

Nîmes, 26 Xbre 1914.

Mon amour très chéri, aujourd'hui 2 lettres de toi IX et XII. Tu penses si je suis content. Quartier libre encore mais comme il faut revenir à 3 h. pour l'abreuvoir, je n'ai pas osé demander la permission de la botte l'ayant eue hier et comptant la demander demain. Je te télégraphierai l'heure de mon arrivée à Nice. Si Jane Mortier est encore à Nice, je voudrais bien reprendre dans mes affaires quelques choses et une valise, la noire dont tu te moquais tant, pour garder en ville, dans la mansarde où le Niçois dont je t'avais parlé m'a mené hier. D'ailleurs, on peut avoir ici de bonnes chambres à 20 fr. par mois. On m'en a offert une dans une famille. Je verrai si on a de l'argent. Cependant toutes nouvelles pas bonnes. Un brigadier qui a sa femme à Compiègne a dit qu'elle lui a écrit qu'on allait évacuer cette ville. Et Compiègne prise, c'est Paris menacé, investi peut-être et alors adieu projets charmants, argent à venir ! Ma chérie, moi je t'adore chaque minute davantage. Ta dépêche d'hier a été pour moi un bonheur exquis. Oui ! mon Noël c'est ton amour et ta dépêche t'amenait si près de moi que je l'ai baisée mille fois. Je ne m'étonne pas que tu ailles prier Dieu à l'église. Toutes les grandes questions, a dit Donoso-Cortes [1] (si ce ne sont pas les propres termes c'est du moins le sens), toutes les grandes questions, toutes les grandes choses, vont à la théologie ou en viennent. Rien d'étonnant que notre amour, la plus grande chose que nous connaissions, ma chérie, aille vers Dieu.

J'ai écrit pour Épinal, si donc tu fais une supplique à Sembat mini. de l'instr. pub. et des b. arts à Bordeaux, en rappelant ma lettre et mes deux noms, dis les localités que tu veux atteindre.

Oui chérie j'ai eu le plus beau Noël possible — ton amour !

Chérie, je tiendrai toutes les promesses que je t'ai faites. Non, je ne te demande pas de m'en relever et je ne veux en rien jamais te faire de peine. J'ai du courage pour tout, sauf pour tout ce qui pourrait te menacer toi et notre amour.

Je t'envoie aujourd'hui la coupure de l'*Ouest-Éclair* que j'ai oubliée l'autre jour.

Mon secrétaire Jean Mollet m'a écrit. Je lui

avais écrit en disant que j'étais amoureux définitivement. Je t'envoie sa lettre d'autre part. Elle t'amusera, surtout la phrase :

« *Mais toi quelle est cette histoire, est-ce vraiment la grrande amour !!! et dure-t-elle encore, je te souhaite d'ailleurs bonne chance mais je t'assure que cela m'épate que le papillon délicat se soit posé sur une fleur et n'en bouge plus. Il y a certainement quelque chose de changé dans la machine.* »

J'ai bien ri et l'ai engueulé dans ma réponse. Ce brave imbécile a vraiment une mauvaise opinion de moi. Mais je ne peux lui expliquer toute la force de cet amour qui est pour moi plus que le ciel, ma toute chérie.

Tu m'as fait plaisir en me disant que Toutou est content de moi. Il est logis, c'est mon supérieur et les éloges des supérieurs vont au cœur du simple troupier. Fais-lui toutes mes amitiés.

Je t'envoie aussi la lettre d'Eugène Montfort, ami à moi, mais qui en somme n'avait pas beaucoup cultivé cette amitié depuis six mois, car il a été témoin au mariage de M. L. simplement parce que le mari de celle-ci, Allemand d'ailleurs, avait pris des actions dans sa revue *Les Marges*[2].

Tu vois d'ailleurs qu'il ne parle que de pourfendre les Boches après avoir mendié leur argent puisqu'il avait beaucoup d'actionnaires allemands, Kessler entre autres, et que moi dans ma revue *Les Soirées de Paris*, je n'ai jamais voulu d'argent allemand, sauf des abonnés, car on ne peut empêcher quelqu'un de s'abonner à une revue.

Voilà, ma chérie, à bientôt. Je t'aime de toutes mes forces, de toute mon âme, de tout mon cœur, de tout mon être.

Il fait un froid de chien. Je t'embrasse partout et mords tes lèvres. Tu fais le lézard au soleil, belle indolente. Et Kiss et Tika ? tu ne me donnes jamais de leurs nouvelles.

J'ai visité hier le musée de Nîmes, pour y voir l'original du portrait de *Lucrèce Borgia* dont la reproduction ornait mon livre *La Rome des Borgia* paru en 1913 et qui a eu beaucoup de succès. Ce musée est pauvre d'ailleurs. J'ai été aussi à la Maison Carrée où il y a quelques belles choses. Je t'aime et t'embrasse.

Gui.

1. Homme politique et diplomate espagnol, ambassadeur de son pays à Paris, où il mourut en 1853 âgé seulement de quarante-quatre ans. Il était passé du libéralisme à un catholicisme ardent qui lui inspira divers ouvrages, notamment des *Esquisses historico-philosophiques*.

2. Marie Laurencin avait épousé le 21 juin 1914 un peintre allemand qui habitait Paris, le baron de Waetjen. L'appréciation assez mitigée qu'Apollinaire porte ici sur Montfort ne l'empêche pas de répondre aimablement, le même jour, au directeur des *Marges*.

28

Nîmes, le 27 Xbre 1914.

Mon amour adoré, voilà pour la permission, je partirai de Nîmes soit le jeudi à 3 du matin c'est-à-dire la nuit du mercredi au jeudi, si à Tarascon on me laisse prendre l'express j'arriverai à Nice le jeudi à midi et demie, vois l'heure exacte de mon arrivée toi-même.

Sinon, je partirai le jeudi à 8 h. du matin pour arriver à Nice à 5 h. ½ toujours si on me laisse prendre l'express (seconde classe), voir toujours à la gare de Nice l'heure exacte d'arrivée.

Enfin si je ne peux prendre que l'omnibus j'arriverai à Nice à 11 h. et quelque chose du soir. Voir toujours l'heure de l'arrivée à Nice.

Je ne repartirai que le samedi dans la nuit. Télégraphie-moi où tu m'attendras exactement. Moi je télégraphierai de Nîmes ou de Marseille en cas de retard.

Pour l'hôtel le *Cécil*[1] est bien. Un Niçois d'ici me dit d'aller au *P.L.M. Palace* avenue de la Gare, propriétaire Monsieur Lattès. Le voir lui, lui dire qu'on vient de la part de Monsieur Dulla, artilleur au 38e qui lui envoie le bonjour et qu'il fasse les prix les moins chers. Il paraît que c'est complètement neuf, chauf. cent., eau chaude, etc. Enfin, vois toi-même là où nous serons le mieux, car surtout il faut être bien.

Télégraphie vite où exactement je te trouverai. Soit à la gare, soit ailleurs. Que ce moment me tarde mon amour adoré.

J'ai reçu aujourd'hui 3 lettres de toi, VII, XI et XIII. La poste est donc aussi fantaisiste pour moi que pour toi. J'espère que maintenant tu as reçu le nº II. J'espère que ton rhume est bien fini, maintenant Mémée est bien gentille de me comparer à Polin[2], pour compléter la ressemblance il faudrait le mouchoir de Don Jaime. Elle oublie toutefois que Polin n'est pas artilleur mais biffin ! Je suis heureux que tu songes à ma chaîne et il me tarde d'être de nouveau enchaîné. Pas de réponse du Ministère, et toi ? Ma chérie, ta lettre XI m'a fait un plaisir adorable. J'ai reçu aujourd'hui une gentille lettre de Jane Mortier. Oui, chérie, même la souffrance ne compte pas au prix de notre amour.

Pour la lettre XIIIe, chère petite, elle m'a trouvé plein de courage. Mais tu te trompes, notre apprentissage sera de 3 mois au plus même si on nous fait devenir logis. N'oublie pas que nous sommes ici peu d'hommes de l'active. La plupart des 3 000 hommes de notre caserne sont des vieillards bons à garder les voies. Mais je ne ferai rien pour partir, je te l'ai promis. Je suis content que tu sois fière de moi, et si tu savais combien je suis moi fier de toi, mon adorée ?

Ce n'est pas la correspondance d'Aurel qui a été retrouvée dans le linge sale, mais celle de Berthe M... [3]. Aurel ne m'a jamais écrit que des lettres de consœur à confrère. C'est d'ailleurs une femme irréprochable.

Bien heureux que le pardessus serve à quelque chose. Je t'envoie du laurier cueilli pendant une promenade à cheval.

Le directeur de *l'Intransigeant* m'a écrit. Je t'adore, je te veux jusqu'à en mourir et t'embrasse partout ma toute chérie.

Guil.

1. L'hôtel Cecil se trouve avenue Thiers, près de la gare.
2. Allusion probable à la photographie où Apollinaire a, selon son propre mot à André Rouveyre, « pris l'air de Mars quand il attend Vénus » (voir illust. 1).
3. Sur Aurel, voir la note de la lettre 2. Berthe M. est sans doute Berthe Mendès, dont la signature apparaît dans *Le Petit Niçois*. Apollinaire parle d'elle dans une lettre à Fernand Fleuret du 20 juin 1915 ; il rappelle à son correspondant qu'elle a écrit à *La Fronde* et collabore maintenant au journal que par plaisanterie il appelle *Le Petit Victorieux*.

29

Nîmes, 28 Xbre 1914.

Mon Lou,

Ci-inclus la lettre de ma femme de ménage et son adresse. Écris-lui pour la trouver en avril, c'est une très bonne femme, très adroite et qui lave très bien.

J'ai reçu aujourd'hui ta lettre XIV. Je n'ai pas encore télégraphié. Je télégraphierai en partant — Je t'ai écrit hier les détails de ma permission — Je ne doute pas, ma chérie, mais tu comprendras que l'histoire de l'officier épatant n'est pas pour me faire plaisir. Je suis très fier et très content qu'on te fasse de l'œil, mais je voudrais que ça ne te touchât point. Que Diable ! tu es à moi et le seul œil, *c'est l'œil du maître* a dit La Fontaine, ne l'oublie pas. Je ne veux pas faire le jaloux idiot. Il est bien des choses que je te permettrai et me permettrai. Mais, *je veux* que ça vienne de moi. Et en tout cas, pas tant que je serai ici sauf Toutou qui t'aime assez pour que tu l'aimes aussi. Ensuite on verra, mais pas de nouveaux godelureaux, je t'en prie, Lou, sois sérieuse. Il faut que tu sois la femme la plus heureuse du monde. Mais par moi, par moi, entends-tu —

Au demeurant, je t'adore. Ce matin je suis monté au manège. Cheval idiot qui ruait. Je ne suis pas tombé, mais pour sortir j'ai changé de cheval. Nous avons fait une promenade épatante, dans des chemins impossibles qui descendaient à pic, 20 centimètres de large, ravin à gauche buissons épineux à droite, j'avoue que la perspective de ma permission m'a enlevé beaucoup d'assurance, enfin, mon cheval a été épatant. J'ai pensé me casser la gueule 40 fois, mais rien. Ensuite sur la route grosse émotion, nous allions par deux, le cheval de mon voisin a rué et a cassé d'un coup [de] pied la jambe de celui qui suivait, Combet, brave garçon qui m'a offert une chambre épatante à 20 francs par mois chez ses parents. Je t'en reparlerai — On s'est arrêté et on est revenu au pas, Combet pleurait, en arrivant à l'infirmerie il paraît qu'on a dû lui faire une opération, on lui a arraché un tas de bouts d'os. *Ça ne m'a fait aucune impression.* Et c'est bizarre ça m'a rassuré. En tout cas je sens que demain j'aurai la frousse. La permission est trop près et si je me cassais la gueule avant je ne m'en consolerais pas. Au pansage, mon voisin, garçon de ferme, m'a raconté une très belle histoire. Celle des œufs de coq.

Les coqs, d'après lui, font un œuf tous les sept ans, il est gros comme un œuf de moineau, et n'a pas de jaune. Si on le fait couver, il en sort un petit serpent.

Hier soir, dîné à *la Grille*, on m'a rendu le flacon de pilules de Dioscoride[1] que mon Lou y avait oublié lors de son déjeuner solitaire à ce restaurant. Je te rapporterai ces pilules roses en allant à Nice —

Dis à Jules de faire attention, car on est en train de ramasser tous les Belges, jusqu'à 32 ans paraît-il.

Ici nous avons eu *les Joyeux* qui ont fait beaucoup de scandale en ville. — Ils partent après-demain pour le front. Pauvres gens, ils vont en première ligne — ils sont nourris d'un pain pour 4 jours, et n'ont qu'une capote pas de veste. Têtes brûlées mais beaucoup de braves types. Hier, à la Fontaine, plusieurs jolies filles ont tenté d'entrer en conversation mais j'ai peu répondu et n'ai surtout pas pris de rendez-vous. Il y avait surtout deux sœurs, venues de Nancy, réfugiées, mais réfugiées à leur aise qui avaient envie d'être consolées, mais j'ai mon Lou, et ne veux rien d'autre.

La batterie est consignée pour piquet d'incendie. Je t'écris de la cantine. Si je sors, t'écrirai encore et t'embrasse mille fois partout et te prends toute. Ton

Gui.

1. La Grille est un restaurant de Nîmes. Les granules de dioscoride (à base d'acide arsénieux) étaient utilisés pour le traitement de l'anémie.

30

[Nîmes, le] 28 Xbre [19]14.

(2me lettre)

Ma chérie, le plus probable arriverai à Nice le jeudi à 5 ½ par l'express voir heure juste ou 11 h. ½ voir heure juste. Télégraphierai de toute façon, télégraphie où tu seras.

Inclus, mon portrait en artilleur par Picasso, garde-le précieusement, car c'est un dessin extrêmement précieux. Je le ferai mettre sous verre après la guerre.

Ce soir je tousse fortement, mais ça vient de ce que j'ai trop fumé, batterie consignée, mais sorti quand même.

T'embrasse mille fois, t'adore, je t'aime, tu me reverras avec un commencement de moustache, car on nous force à la laisser repousser.

Apporte avec toi, à Nice, le carnet de chèques. J'attends avec impatience la permission. Ensuite c'est ton retour à Nîmes que j'attendrai avec impatience.

Ce qu'on va tirer de coups, surtout si je ne repars que dimanche soir.

Mon Lou exquis et adorable, je t'embrasse partout, partout. Je te désire en ce moment à faire sauter ma braguette d'artilleur.

J'ai embrassé mille fois ton portrait[1] et je t'assure que si [ce] n'était pas une chose que je ne veux pas faire, je me serais fait menotte en le regardant.

J'y retrouvais ton regard si plein de voluptés, si cochon et si joli.

Je suis content que tu aies pu tirer parti du manteau, je suis sûr qu'il te va à ravir.

Lou je t'adore. Aujourd'hui, jour mouillé, bruine, boue.

Embrasse tes seins pour moi, ces beaux pigeons au bec rose et que j'adore.

Comment, tu vas de Saint-Jean à Nice à pied, je ne reconnais plus mon Lou à ce footing. Je t'aime de toutes les façons, je te souhaite, je t'appelle, je te serre à te briser, tu es ma chose, ma petite esclave au gros derrière.

Je pense à toi sans cesse. Rapporte aussi tes lettres à Nice que je les relise, dans les entractes que l'amour voudra bien nous laisser les plus courts possible.

Je te lèche partout, te bois, t'adore, Lou

adorable, je te prends toute, comme mon bien, mon seul bien, ma seule chose précieuse, la seule chose qui vaille la peine qu'on la désire, la seule chose qui vaille la peine qu'on soit soldat pour la défendre. Tu es cela mon Lou adoré, je t'embrasse.

Guil.

1. Un portrait fait à Nice par le photographe Desgranges.

31

[Nîmes, le] 29 Xbre [19]14.

Mon Lou, renseigne-toi bien sur les heures justes d'arrivée. Télégraphie où tu attendras. Hier soir dans le lit, j'ai senti vivement cette promiscuité où l'on est toujours seul, cet isolement où on ne peut jamais s'isoler — C'est la caserne — Je voulais penser à toi. C'était mon seul souhait de songer fortement à mon Lou chéri en m'endormant. Je sentais que tu es mon véritable amour, le seul, en réalité et que les deux autres fois que j'ai cru aimer n'existaient point, c'était de l'amitié, et la première fois, de la concupiscence, mais pas de l'amour. Je n'ai vraiment aimé qu'en toi ma chérie. Je tiens à toi par la chair, le cœur et l'esprit, par plusieurs conformités d'humeurs et peut-être de goûts, oui aussi de goûts, bien que parfois, pour les choses ordinaires de la vie, ils semblent un peu se contrarier, ce qui aiguise notre amour. Pas moyen de penser à toi. Tous les types de ma chambrée, la chambrée 33, veulent que je fasse un livre dont ils ont trouvé le titre : *Les poilus de la 33*. Ce n'est pas mal pour des charretiers, chacun me racontait son histoire et je ne souhaitais que pouvoir penser à toi. J'étais furieux. Ensuite la conversation des poilus a dégénéré et est devenue gaillarde, gauloise même. *Exemple d'histoires racontées cette nuit* : M. et Mme Nazol s'en vont visiter l'exposition de Marseille. En arrivant Mme Nazol s'arrête devant un marchand de noix de coco. « Qu'est-ce que c'est, Nazol ? » dit-elle à son mari. Le marchand, un Arabe de la Canebière, s'empresse : « Ce sont des œufs d'éléphants », dit-il, et Madame Nazol s'écrie aussitôt : « Nazol, achète-m'en pour 10 francs nous aurons des petits éléphants. » Ce qui fut dit fut fait. M. et Mme Nazol rentrèrent chez eux chargés de leur précieux fardeau… Deux jours après Mme Nazol rencontre Mme Pettalugue : « Mme Pettalugue, venez voir les beaux œufs d'éléphants que Nazol m'a achetés à l'exposition de Marseille. » — « Pas possible ! allons-y vite », dit Mme Pettalugue. En effet Mme Nazol emmène Mme Pettalugue. « Mon mari couve les œufs, passez la main sous la couverture et prenez bien garde de ne pas les casser » — « Oh ! Madame Nazol, c'est bien vrai, ma foi, que ce sont des œufs d'éléphants je sens déjà une trompe qui remue. »

Voilà le genre. Je viens de recevoir ta XVe lettre — je t'enverrai le télégramme pr avertir de mon arrivée.

Va chez le dentiste indiqué, fais passer ta carte, dis que tu viens de la part de Jane Mortier. Il ne te fera payer que le travail achevé et tu ne le payeras qu'après la guerre. Ce n'est pas malhonnête. On est dans une telle époque, qu'on ne peut guère à l'occasion agir autrement. D'ailleurs, on ne paye pas vite les dentistes en temps de paix, je ne vois pas pourquoi on les payerait plus vite en temps de guerre.

Pour les oranges tu es vraiment trop gentille. Tu dois comprendre que je ne suis pas moins impatient que toi de faire pan pan dans les granges. Car moi, même pas menotte. Te réserve tout. Pense toujours à toi, t'adore au point de ne plus rien voir d'autre, de ne plus penser même aux poèmes pour le moment, *mon Lou en crème fouettée !* Je suis aujourd'hui très courbaturé parce que me suis découvert en dormant. Mais autrement vais bien, et suis tendu en ce moment vers toi mon Lou, si étais près de toi, qu'est-ce que tu prendrais dans ton petit jardin secret si joli, si gracieux, si bien fait, si savant en torsions, en happements, si habile à serrer jusqu'à la limite de la consommation de toutes les forces vives de nos deux amours étroitement enlacés.

Gui.

— Reçu lettre de Berthelot — Lui écrirons de Nice pr ta permission, si pas de nouvelles de Sembat —

32

Nîmes, 29 Xbre 1914.

Mon Lou la nuit descend tu es à moi je t'aime
Les cyprès ont noirci, le ciel a fait de même
Les trompettes chantaient ta beauté mon bonheur
De t'aimer pour toujours ton cœur près de mon cœur
Je suis revenu doucement à la caserne
Les écuries sentaient bon la luzerne
Les croupes des chevaux évoquaient ta force et ta grâce
D'alezane dorée ô ma belle jument de race
La tour Magne tournait sur sa colline laurée
Et dansait lentement, lentement s'obombrait
Tandis que des amants descendaient de la colline
La tour dansait lentement comme une sarrasine.
Le vent souffle pourtant il ne fait pas du tout froid

Je te verrai dans deux jours et suis heureux comme un roi
Et j'aime de t'y aimer cette Nîmes la Romaine
Où les soldats français remplacent l'armée prétorienne
Beaucoup de vieux soldats qu'on n'a pu habiller
Ils vont comme des bœufs, tanguent comme des mariniers
Je pense à tes cheveux qui sont mon or et ma gloire
Ils sont toute ma lumière dans la nuit noire
Et tes yeux sont les fenêtres d'où je veux regarder
La vie et ses bonheurs la mort qui vient aider
Les soldats las, les femmes tristes et les enfants malades
Des soldats mangent près d'ici de l'ail dans la salade
L'un a une chemise quadrillée de bleu comme une carte
Je t'adore mon Lou et sans te voir je te regarde
Ça sent l'ail et le vin et aussi l'iodoforme
Je t'adore mon Lou embrasse-moi avant que je ne dorme
Le ciel est plein d'étoiles qui sont les soldats
Morts ils bivouaquent là-haut comme ils bivouaquaient là-bas
Et j'irai conducteur un jour lointain t'y conduire

Lou que de jours de bonheur avant que ce jour
    ne vienne luire
Aime-moi mon Lou je t'adore Bonsoir
Je t'adore, je t'aime adieu, mon Lou ma gloire

Gui.

33

Nîmes, le 30 Xbre 1914.

Mon Lou, tu recevras sans aucun doute cette lettre après m'avoir vu. Qu'elle soit, en tout cas, un témoignage de l'impatience que j'ai de te revoir. Ce matin réveillé à 3 ½. Pensé à toi de façon épatante et si me suis pas fait menotte, c'est bien que c'est pas dans mes idées. Mais t'ai aimée tellement en rêvant tout éveillé que tu as bien dû en ressentir quelque chose. Mon Lou, je crois bien que je partirai à 3 h. du matin avec les logis et les brigadiers. Mon cœur bat d'impatience et tu sais à quel point je peux m'affoler par l'impatience. C'est fantastique. Impossible de lire la théorie. Il faut que je t'écrive et je t'écris à la cantine où depuis hier j'ai pu avoir — en prêt — un encrier et une plume, en séduisant la fille du cantinier. En tout bien tout honneur d'ailleurs, inutile je crois de te l'ajouter. Les Joyeux cantonnés au champ de tir de Massillan sont consignés. Ce matin, il y en avait trois à la prison chez nous car c'est chez nous qu'on les met en prison. Je les ai vus. Ils allaient à la visite et un de ces bougres que je regardais m'a déclaré qu'il se souviendrait des artilleurs et que s'il se rencontrait au front avec les poilus du 38e ce n'est pas sur les Prussiens qu'il tirerait. J'avoue que cette déclaration faite par cette espèce d'apache que je sentais résolu et sans aucune sorte de peur m'a fait froid dans le dos. Si je rencontre les Joyeux au front, je tâcherai si je peux de les protéger — artilleur — et qu'ils reviennent des préventions que la prison du 38e leur a suggérées contre nous. C'est la première grande tristesse depuis que je me suis engagé, cette déclaration. Mon Lou, le ciel est bleu comme les veines à fleur de tes seins. Tu vas me revoir le derrière intact, je suis le seul du peloton qui n'ait pas [été] blessé et je t'assure que je ne suis pas peu fier car l'opinion générale était que je serais indubitablement blessé. Il faut maintenant que je me débrouille pour trouver un manteau ou une capote au moins. Depuis que je suis ici je rends en partie mon estime aux Niçois ; ils ne sont pas fanatiques de la caserne et de la guerre, discutent, désapprouvent. Mais les lâches ce ne sont pas eux, mais les Marseillais. Ah ! les Marseillais, des poèmes de pusillanimité. Certes ce sont eux qui ont fait la mauvaise réputation du XVe corps. Car ici dans l'ensemble l'esprit est bon. Si j'étais voix autorisée, je renverrais les Marseillais à leur commerce et à leur Canebière. Ils me dégoûtent et quand on a parlé avec un de ces salops on se sent découragé. Tu sais mon Lou que je veux que tu me sois fidèle. Mais si jamais tu flirtais même de loin et innocemment avec un Marseillais, je ne te le pardonnerais pas. Marseille et sa région te sont consignés, le reste aussi, mais les Marseillais ne méritent que le mépris des hommes et le dédain complet des femmes.

Lou, ton télégramme m'a fait plaisir, plaisir, je t'adore, je t'aime et te veux toute en tout, que tu ne me caches rien, que je [ne] te cache rien et que notre amour soit le plus beau, le plus complet que l'on ait jamais éprouvé sous le ciel. À demain Lou exquis.

Guil.

34

[Tarascon, le] 2 janvier [191]5[1].

Mon Lou adoré, une fois ta silhouette très aimée disparue dans le brouillard qui embrumait ce matin la gare de Nice, je me suis mis à lire *Le Cri de Paris*. Il y avait avec moi dans le wagon un monsieur et une jeune fille. À Cannes la conversation s'est engagée, le Monsieur habite Draguignan et s'appelle Portal, il a été en classe avec mon frère. La jeune fille est professeur de lettres au Lycée de jeunes filles d'Oran, assez intelligente d'ailleurs et je crois honnête[2]. À Marseille, j'ai filé laissant ma capote et mon panier, été déjeuner au Vieux Port, en toute hâte. Beaucoup d'officiers anglais et de soldats hindous. De Marseille à Tarascon esquinté. Ai dû dormir et même ronfler. Enfin à 2 h. 20 Tarascon, temps superbe. La dernière fois j'ai visité sommairement Beaucaire et Tarascon avec le soldat du 1er génie Victor Amiot dont je t'ai parlé, aujourd'hui je décide de visiter

Tarascon plus à fond et ai été récompensé. Vieilles rues, vieilles gens, vieilles maisons, des coins délicieux partout, la Mairie est très jolie, décorée d'une statue de Ste Marthe écrasant la Tarasque, le Château, l'église Ste-Marthe, le panorama du Rhône avec sa végétation grisâtre. En face le Château, une vieille maison très jolie portes ouvertes. J'entre, un cloître très gracieux, que je visite sans que personne m'embête, je monte jusqu'en haut. Ensuite voyant que j'ai du temps je me dis que je dois t'écrire et voilà.

Mon Lou tu m'as donné deux jours merveilleux de permission et deux nuits de folie. Je suis encore dans l'enivrement. J'en suis quasi hébété. Mon train pour Nîmes est à 5 h. 17. En attendant, je pense à toi, je pense que je t'aime, mille fois plus encore qu'à Nîmes, où je t'aimais déjà beaucoup plus qu'avant. Songe à tes promesses et que tu m'appartiens. Bonjour à Mémée. Soigne ton petit estomac. Je t'embrasse mille fois partout et aussi sur les parties fouettées qui s'agitaient si charnellement ces nuits dernières.

J'oubliais de te dire à propos de ma visite à Tarascon que j'y ai découvert une rue du Prolétariat qui m'a paru bien nommée car elle était misérable à souhait.

Là-dessus, je te répète, mon Lou, que je t'adore, que rien n'est plus beau pour moi que ton corps, ton regard, ton sourire. Que je veux que tu m'aimes encore plus que tu ne fais. Tu dois m'aimer de tout l'amour que tu as pour moi en y ajoutant le total des amours passés. Ainsi fais-je moi-même pour toi et si je t'adore, mon Lou, j'ajoute à cette adoration tout ce que j'ai pu éprouver pour d'autres femmes, car tu es pour moi tous les amours, mon Lou, et je dois te rapporter tous les battements de mon cœur, ceux même d'avant que nous nous connaissions. Mille baisers.

Gui.

1. Voici comment Apollinaire raconte sa permission à Jean Mollet dans une lettre datée du 3 janvier :

« J'ai été en permission deux jours à Nice. Parti de Nîmes à 5 h. du matin arrivé à Nice à midi. L'adorée à la gare, déjeuner, pieu jusqu'au lendemain 10 heures alors levés pris le tram jusqu'à Saint-Jean-Cap-Ferrat près Beaulieu où habite mon amie dans la merveilleuse villa de sa cousine, une villa épatante, jardin d'oliviers et de palmiers, puis retour avec les deux poules, jolies toutes deux thé chez Vogade, effet bœuf, le frère et la belle-sœur de Siegler-Pascal épatés. Ensuite laissé la cousine été saluer Cremnitz qui partira le 8 ou le 9. Il est déjà couvert de poux. Tu parles s'il a plu à mon amie, il a fallu le lâcher le plus vite possible, dîner, repieu jusqu'à 6 heures et tram à Riquier pour pouvoir prendre l'express afin d'arriver à temps car à la gare de Nice, on est intraitable sur la question des express. Ensuite à Marseille arrêt d'1 h ½ été déjeuner sur le port vu les nouveaux Hindous — 30 000 — puis à 2 arrêt à Tarascon jusqu'à 5 h 17 visité Tarascon qui est joli, visité à fond car avais déjà visité en venant ici la première fois, où j'avais été aussi à Beaucaire. »

2. Il s'agit de Madeleine Pagès (voir le récit qu'elle-même a fait de cette rencontre dans son introduction à *Tendre comme le souvenir*).

Composition IGS-CP
Impression Novoprint
à Barcelone, le 3 novembre 2014
Dépôt légal : novembre 2014

ISBN : 978-2-07-045635-2./Imprimé en Espagne.

279841